醫拯天下

第二輯之 7

點石成金

趙奪 著

目錄

CONTENTS

第一劑　東方臉孔的醫生……5

第二劑　外來的和尚會念經……25

第三劑　挽救足球明星的生涯……53

第四劑　愛滋病房裏的天使……73

第五劑　服務和被服務的關係……101

第六劑　愛滋病患的手術……117

第七劑　愛情的謊言……145

第八劑　癡情的女人最可怕……165

第九劑　貴族大小姐的擋箭牌……191

第十劑　海盜船計畫……215

第一劑

東方臉孔的醫生

科蒂瘦小的身體在人群中轉了好幾圈，也沒有看到那個他高薪聘請來拯救醫院的英雄，反而是李傑在記者的包圍下侃侃而談。

疑惑不已的科蒂發現了一個剛從手術室中出來的護士，於是拉著她問道：

「這是怎麼回事？拉卡尼醫生在哪裏？」

「拉卡尼醫生早就走了，是這位東方來的醫生做的手術。」

「他走了？帶我去看傷者！」科蒂驚訝道，隨即又恢復了平靜。

現在最重要的是去看看傷者，而不是追究責任。

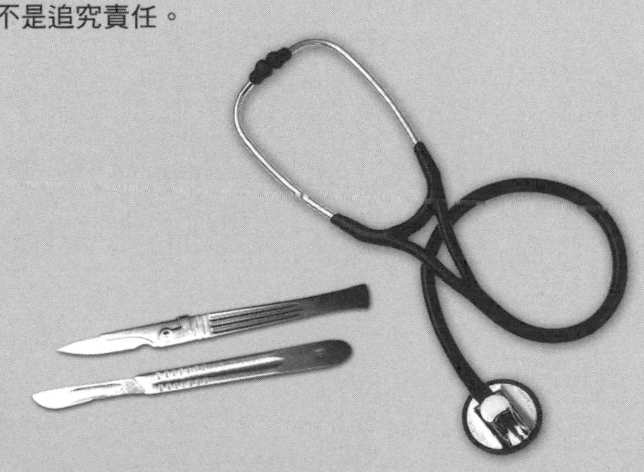

此刻，一股溫暖的液體撲面而來。拉卡尼正想大聲叫罵，卻突然想起自己是在手術台上。這不可能是哪個小鬼惡作劇撒尿在他臉上。

「動脈破裂了，止血鉗。另外，三倍速度輸血！」李傑放下手術刀，對助手說道。

拉卡尼擦乾臉上的血，發現自己的位置被這個東方醫生給搶了，作爲這個城市最有名氣的外科主任醫生，沒有其他人敢這麼做。

「讓開，我會處理好這些！」拉卡尼怒道。

「等你酒醒了吧！今天你不適合手術。」李傑冷冷地說道。此刻他有些自責，如果早一點這麼做，傷者也不會出現這樣的狀況。

拉卡尼看了一眼李傑，氣得說不出話來，瞪著眼睛看了他幾秒鐘，然後扭頭走了。雖然喝了酒，但是他此刻卻很清醒。

他剛剛割破了動脈，這對傷者是一種很大的損傷，而且他在離開之前還注意觀察了一下血壓，傷者的血壓很不穩定。

依照他多年來的臨床經驗看，這個傷者是不可能救活的，如此嚴重的傷勢，就算他來搶救也沒有把握。

「離開也好，擺脫了責任！」拉卡尼想到這裏，心中卻又高興了起來，伸手摸了摸兜裏的支票，哼著小曲離開了醫院。

院長科蒂此刻還不知道自己花了大價錢請來的醫生竟然溜了，而且還給他製造了如此大的麻煩。

「血壓不穩，正在下降中！」麻醉師著急地說道。

「加快輸血速度，馬上就要縫合了，給我十秒鐘！」李傑一邊加快手中的動作，一邊叫道。

針尖一次一次地穿過血管壁，縫合線將斷裂的血管再次連接到一起。李傑盡了最大的努力來縫合這個動脈血管。要知道，肝臟是人體最重要的臟器，其血管內血流也是很大的，如果縫合得不好，很容易再次破開。

眼前時間緊迫，李傑沒有時間來展示他細膩的針法、牢固的縫合。他在尋求一種平衡，在最短的時間內，做出最堅固的縫合。

血壓快速地下降，生命的消逝有時候不過就是一瞬間的事情。在李傑縫合到最後一刻的時候，血壓卻已經降到了零。

心臟停止了跳動！

雖然手術室的助手們都不是那麼專業，但是此刻他們表現得讓李傑滿意，他們已經做好了電擊準備。

「第一次準備，充電！放電！」

「第二次準備，充電！放電！」

「第三次準備，充電！放電！」

傷者依然一點反應也沒有，李傑此刻恨極了那個混蛋醫生，一點忙都沒有幫，卻讓這個傷者變成了半具屍體。

不過現在不是埋怨的時候，李傑將手探入胸腔，開始做心臟按壓。用手的動作來模擬心的跳動是李傑的一項專長，這個世界上沒有幾個人能做得比他還要好。

時間一分一秒地流逝著，在這所醫院，平時如果發生這樣的情況，恐怕早已經放棄搶救了。他們從來不覺得像李傑這樣做能把這個傷者拯救回來。

不過他們還是例行公事地配合著李傑，注射藥物，輸血……

奇蹟其實就在我們身邊，只不過你沒有發現而已！

在心臟停止跳動接近三分鐘以後，傷者終於恢復了心跳，血壓上升到了正常的水準。看到這種情況，手術室中的助手們不由得歡呼起來，甚至有一些在感謝上帝的仁慈。

上帝的仁慈在這裏沒有用，傷者的情況依然很危險，能否得到拯救還要靠他自己的生命力以及手術。

雖然說進了醫院、上了手術台就沒有了身分的區別，他們都是患者。實際上，如果李傑知道眼前的患者是英達利執政黨最有前途的政治新星的話，這絕對會對他產生巨大的影響。手術中他可能會採取更加保守的方法，以保命爲主，以安全第一。

超越極限的搶救終於把傷者從死亡的邊緣拉了回來。「中國人常說，大難不死，必有後福！」這句話用在外國人身上也不錯。

這位幸運的議員大人，接下來的手術很是成功，內部臟器的修復，顱內的減壓以及淤血的排出，最後完成的是恢復破碎的膝蓋骨。

精細的手術操作超越了這個年代的手術技術。這次的手術，李傑自己都覺得有點超水準發揮。

膝蓋的修復上，他花費了很大的力氣，雖然僅僅是一個膝蓋，手術的難度卻並不次於顱腦手術以及心臟的手術，如果硬要找出一點差別，那就是膝蓋的修復失敗了，病人不會死，而心臟手術失敗的話，病人肯定會死而已。

李傑手術時從來都沒有壓力，因爲他完全沉迷在手術中，根本忘記了壓力。這個特點讓他受益不少，很多時候，驚險萬分的情況下，他都成功了。如果心中有壓力，不能完全集中精力的話，他不知道要失敗多少次手術。

漫長的手術一直持續了十四個小時。當李傑走出手術室的時候，天已經亮了，醫院的混亂狀態也已經結束了。

這個傷者是最早開始治療的人，可卻是最後一個脫離生命危險的。

當手術室的大門打開時，圍在手術室門外的人蜂擁而上，在李傑還沒有弄清楚怎麼回事的時候，他已經被記者包圍了。

「請問傷者的情況怎麼樣？」

「您是這個醫院新來的醫生麼？你有多大的把握？」

一晚上的手術早已經讓李傑筋疲力盡，他此刻有些埋怨這個醫院，怎麼會放這些記者進來。記者很多，他只是零星地聽懂了一些話而已。少量聰明的記者也看出來他語言的不流利，改說英語，一些笨蛋記者則用英達利語問了一次又一次。

他不是傻瓜，已經猜到了這個病人很重要，同時心中也有一些高興，無意中救治了一個大人物，這對他自己，對於中國的醫療都是很有幫助的。

「放心。手術很成功，明天就可以恢復意識！」李傑用英語說道。

如果昨天的醉酒醫生拉卡尼聽到了這句話，恐怕要暈過去。他是手術的見證人之一，他可不是手術室那些菜鳥助手。

在拉卡尼看來，只有那些笨蛋助手才會跟李傑一起不放棄這個手術，所以他早早地離開是不想浪費時間，同時也是逃避責任。

院長科蒂當然不知道這些，在記者包圍李傑的時候，這個乾瘦的老頭還在尋找他心目中的英雄。

科蒂瘦小的身體在人群中轉了好幾圈，也沒有看到那個他高薪聘請來拯救醫院的英雄，反而是李傑在記者的包圍下侃侃而談。疑惑不已的科蒂發現了一個剛從手術室中出來的護士，於是拉著她問道：「這是怎麼回事？拉卡尼醫生在哪裏？」

「拉卡尼醫生早就走了，是這位東方來的醫生做的手術。」

「他走了？帶我去看傷者！」科蒂驚訝道，隨即又恢復了平靜。現在最重要的是去看看傷者，而不是追究責任。

傷者在手術一結束就直接被送到了重症監護病房，拒絕所有人的探視，甚至在病房的門口還有兩個彪悍的守衛人員。

「你是科蒂院長？」

「是的，你們是誰？」科蒂驚訝道。這兩個人怎麼會認識他，隨即他就想明白了。這兩人肯定是保鏢。

他們之所以認識他，是因爲他們事先應該看過這個醫院所有人的照片，以防止有殺手等混進來。

保鏢們也不答話，開門放這位乾瘦的院長進屋，然後又悄悄地關上了門，繼續進行著守衛的工作。

科蒂進屋後，靠在門上喘息了好一會兒，他知道，如果他不是院長也不能進來的。剛剛進屋的瞬間，他看到保鏢腰間的手槍。

他知道這個傷者如果出了問題他要負多大的責任。平靜了呼吸以後，科蒂開始對傷者的狀況作全面的檢查。

他覺得自己也太倒楣了，議員比他想像的要傷得重。從他身體上就可以看出當時的車禍是多麼的慘烈。

這個可憐的傢伙身上除了繃帶就是石膏，此刻麻藥的效果還在。這個可憐的傷者還不知道自己的身上多了多少鋼釘和多少縫線。

「這樣都活了下來，真是一種奇蹟！」在檢查完了傷者的狀況以後，科蒂喃喃說道。

科蒂覺得自己雖然倒楣，可是楣運走到頭了。這個議員現在狀況穩定，應該沒有什麼問題，活下來的機率會很大。

「無論如何他沒有死在手術台上，醫院現在算是沒有責任了！塞翁失馬焉知非福？」科蒂心中已經有了一個計畫，一個醫院復興的計畫。

院長辦公室裏，安德魯肥大的身軀佔據了沙發的兩個座位。此刻他正在仰著頭，打著呼嚕，做著美夢。

他那張胖胖的臉上不時地泛起一陣笑容，熟悉他的人都知道，他肯定是夢到美食了，如果不知道的，肯定會覺得他笑得這麼噁心，說不定夢到一些什麼猥瑣的事情。

這美夢沒有持續多久，就被開門聲打斷了。安德魯雖然醒了，但是卻依然保持著睡覺的姿勢。剛剛夢到緊要關頭卻被打斷，他還想再睡，接著做夢。

「安德魯醒醒，手術做完了，我們回去了。」李傑搖著安德魯肥胖的胳膊說道。

「唉，可憐我的滿漢全席啊！」安德魯歎氣道。

「什麼？」李傑可不知道他剛才在做夢，也想不到這麼有名的學者竟然跟小孩子一樣。

「走吧，我們去吃點東西。手術怎麼樣？很成功吧！」安德魯站起來說道。

還沒等兩個人離開，科蒂卻一臉微笑著走了進來，他熱情地對安德魯說道：「真是太謝謝你們了，沒有你們的幫忙，真不知道應該如何是好。」

「想謝我麼？請我吃飯！」安德魯大大咧咧地說道。

科蒂一愣，立刻就明白了，於是說道：「好的，跟我來。」

李傑不知道安德魯葫蘆裏賣的什麼藥，但也不好問，於是靜靜地跟在他們的後面。

英達利的洛姆似乎無處不透露著奢華，一個小小的飯店也裝潢得金碧輝煌。彬彬有禮的服務生、令人神魂顛倒的大餐，讓安德魯很是滿意。

科蒂雖然面帶笑容，卻在肉痛，他是有名的摳門，否則他也不會把一個好好的醫院弄到快要倒閉。

此刻的他心裏盤算著怎麼把昨天給拉卡尼的錢要回來，以補償請安德魯吃飯的損失。同時他也在暗罵，拉卡尼這個不負責的傢伙，竟然拿錢不辦事。

「不錯，不錯，科蒂你可真會享受，竟然知道這麼好的地方！」安德魯一邊吃一邊說著。

科蒂陪笑著，沒有說什麼，心裏卻在想：什麼會享受，這種地方自己從來也不會來，雖然自己很有錢，甚至富到可以買私人飛機的地步。

「這位東方的醫生叫李傑？」科蒂對安德魯說道。

「沒錯，有什麼事？」

李傑雖然聽不懂英達利語，但是卻聽到了自己的名字，知道他們在談論自己，不由得關注起來。

「我想知道，他在什麼地方工作，你昨天也看到了，我們醫院缺少外科醫生，如果他能來我的醫院工作……」

「不行。」安德魯一邊吃一邊說著。

「爲什麼？我可以給他最高的待遇，是他在中國永遠也得不到的待遇。」科蒂驚訝地問道。

安德魯繼續大嚼大咽，根本不理睬科蒂的話。他的冷漠讓科蒂憤怒，他不明白爲什麼自己會被拒絕得如此直接。

「你們在說什麼？」李傑看到科蒂的表情不對，於是對安德魯說道。

「他想讓你去他的醫院，讓我拒絕了，生氣了，快點吃，要不然一會兒他牛氣了，我們吃不成了！」安德魯說道。

「他們醫院的確破了點，他會說英文麼？」李傑問道。

「不知道，應該吧，也許會德語。」安德魯嘴裏塞滿了東西，彷彿從非洲跑出來的難民饑餓了很久一般。

「科蒂先生，我想我們可以商量一下！」李傑用德語試探性地問道。

「哦，可以，只要你能來，我可以提高給你的待遇。你要什麼說吧！」科蒂說道。他已經認準了李傑，雖然僅僅憑一次手術。

但是有的時候，考驗一次就夠了，那些跟李傑同台手術的傢伙們都是什麼人，科蒂最清楚。能帶領那樣的團隊完成這麼複雜的手術，足以顯露出李傑的本事。

「不，我不會去你的醫院，我想我們可以用另一種方式來合作。」李傑淡淡地說道。

「另一種方式合作？」科蒂疑問道。

「沒錯，我覺得貴醫院出了問題，昨天發生的事故很明顯將問題暴露了出來。你們缺少人才，雖然有醫療設備，但是中國有句話叫『以人爲本』。如果你醫生不行，再好的設備也沒有用，醫院的根本不是高樓，也不是社會，是醫生！」

「你能給我什麼樣的合作方式？除了你能來醫院就職以外的？」

「我在中國有一家自己的醫院，叫做『紅星醫院』。我可以提供醫生給你，都是水準很不錯的醫生。」李傑自信地說道。他雖然有些誇張，但是他確信自己的確可以提供不少好醫生，起碼他的母校，中華醫科研修院就有不少好醫生。

「那你需要什麼？你不可能這麼無條件地將人轉讓給我吧！」

李傑喝了一口茶，然後笑道：「當然，我們這是合作，不是無償的援助。我需要的是你的投入，金錢與設備的投資，我們兩家醫院建立戰略夥伴的關係。」

安德魯雖然在猛吃，但是卻把李傑的話聽得一清二楚，他不知道李傑什麼時候竟然想到這麼多。

他不由得看了看李傑，這個小傢伙竟然有如此深的心機，恐怕早在來到這個醫院的第一步就已經準備好了。最可能是出國以前就已經計畫出來找一個有錢、有設備的醫院來合作了。

「我們這麼做是雙贏的局面，你的醫院有了優秀的人才，可以順利地重回洛姆第一醫院的寶座。而我的醫院可以在您的幫助下，順利成長。」李傑意味深長地說著。

李傑還有更多的沒有說。其實雙贏局面不錯，但是李傑卻占了大便宜，他雖然是一個優秀的外科醫生，但他並不是一個出色的管理者。

科蒂的醫院擁有十幾年的歷史，作為一個私人醫院，他擁有的不僅僅是金錢與設備，他還有大量的管理經驗可以學習。

「我可以投給你錢和設備，但是人員怎麼算？」科蒂問道。

李傑不禁暗罵一句這個老狐狸，不肯吃虧。不過，這也在意料之中，現在做的不過是口頭上的探討，等到簽約合作的時候會談得更加艱苦。

「我是這樣考慮的，我可以輸送醫生來你的醫院，你能留下多少就要看你的本事了，當然這要有個限度，如果你都留下了，我的醫院可就倒閉了！」李傑笑道。

「那當然，哈哈！如果他們都擁有你這樣的實力，恐怕我會真的忍不住都留下！」科蒂笑道。

李傑知道這個合作差不多成功了，兩個院長都得到了自己最想要的東西。這讓李傑昨天的手術沒有白做，總算得到點回報。

所謂合作不過是各取所需而已，李傑需要的是大量的現金投資、技術設備、管理經驗，因此他不惜用最重要的人才來換取這些。

醫院其實更應該算是科研型的機構，人才是根本，是最主要的東西。李傑先前的考慮是這樣的：就算國內的醫生到了科蒂的醫院，也不會有多少留下。但是他最後卻覺得，如果科蒂真的肯下血本，估計個別優秀的醫生說不定會留下。

輸出醫生還有很多麻煩的事情，比如學歷問題，國內的學歷在國外是不受承認的，他們來到英達利估計還要接受很多考察。

不過，這些都是科蒂的事情了，他是這裏的地頭蛇，很多事情他都能搞定，只是看他的努力程度來決定。

長時間的手術是很累人的，李傑回到酒店就睡著了。安德魯酒足飯飽了以後，根本不想休息，於是他帶著夏宇和于若然去逛逛洛姆城。

于若然本來是很高興出去遊玩的，但是李傑睡得跟死豬一樣。他不陪她一起去，樂趣也就少了很多。

作爲歷史名城，洛姆的古跡有很多，安德魯雖然都轉過，但是重遊一次也是很高興。他像個導遊一般，帶著兩個小傢伙一路高興地解說著。

酒店裏的李傑不知道自己睡了多久，等他醒來的時候，迷迷糊糊地發現太陽已經落山了。

空蕩蕩的房間讓李傑感覺到一絲的孤獨，剛想喊人卻想起了沒有人在，這群傢伙都出去玩去了。

爬起來梳洗了一下，李傑清醒了不少，也更加感覺孤獨了，心中不由得盼著他們能早點回來。

不過，期盼雖然強烈，現實卻殘酷得要命，李傑到天黑也沒有等到一個人回來。電視他早已經看了幾遍，他終於忍不下去了，扔掉遙控器，穿上外套準備出去走走。

李傑對著鏡子剛剛穿好衣服，繫上最後的衣服扣子，卻聽到了敲門聲。「安德魯竟然這個時候回來，真會選時間！」李傑小聲抱怨了一句，轉身去開門。

當門打開的時候，李傑發現門口站著一個滿頭白髮的外國人，李傑對他的第一印象就是這個人很精明。

他用著一口極其濃厚口音的美式英語說道：「你就是來自中國的醫生李傑？」

「你是誰？」李傑反問道。

「我是R．隆多的經紀人，我想跟你談談他的事情。」

李傑伸手示意請進，卻又聽他說道：「已經爲你準備好了車子。」

酒店外停著一輛勞斯萊斯，李傑不知道一個足球明星能賺多少錢，但是看到這輛汽車他能猜到這筆錢絕對是他一輩子也賺不到的。

R·隆多的別墅來了東方人，鄰居們都感覺很奇怪，不知道這裏發生了什麼事。這個別墅在以前可是最火爆的。

R·隆多生病後，幹出了一直都不敢幹的事情。

經紀人被他解雇了，那個一直跟在他身邊的吸血鬼沒有了。沒有了吸血鬼的確感覺爽快，但是也有不好的地方。

作爲一個足球運動員，除了要在球場上取得成功以外，在合同方面的談判也很重要。個人技術固然重要，可是如果沒有一個好的發展環境也是不行的。

R·隆多想，如果不是經紀人從巴西的貧民窟中發現他，他也不會有今日的成就。

現在R·隆多沒有了經紀人，他也不想再找一個剝削自己的經紀人了。他把所有的一切都押在了自己的技術上。

他覺得自己能恢復。只要自己的足球技術恢復八成，他依然是這個世界上最好的前鋒，他依舊無法阻擋。

第二天一早，李傑按照約定來找R．隆多去醫院做檢查。

他們兩個人昨天都沒有睡好。李傑是在擔心自己可能會出現失誤，畢竟這不是他熟悉的領域，雖然他擁有領先這個年代最少二十年的技術。

R．隆多則在擔心自己的病。

科蒂院長對於李傑的到來感到非常高興。他帶著一個明星來他的醫院看病，這也算是一種宣傳。雖然這兩個人現在都是經過裝扮進來的，但治療完畢以後，他肯定會去電視台對著記者們大喊：「R．隆多在我們的醫院看過病，我們的醫院是這個世界上最好的醫院。」

如果讓人發現R．隆多在這裏住院，如此狂熱的國家會發生什麼事呢？誰也說不清。

「什麼時候開刀？」R．隆多問道。

「首先，我們要做的是讓你減肥。體重不下去，就算開刀手術，腿也會再次斷裂。」

「那麼就快點吧！血液、排泄物、CT、核磁共振、腰椎穿刺……做所有能做的檢查，找出我身體異常症狀。」R．隆多說道。

「我理解你的心情，你這是病急亂投醫，這些檢查可能會對你造成損傷。相信我，給我一個禮拜的時間。」李傑告訴他。R．隆多點了點頭，李傑又跟他聊了幾句，然後離開了。

在病房外面，安德魯正在焦急地等待，彷彿病人是他的至親一般，待李傑出來的時候，他立刻衝上去問道：「情況怎麼樣？」

「沒怎麼樣，要先找出他的病因，還必須幫他減肥。」李傑邊走邊說道。

「我問的不是這個，你知道麼，我在他的球隊上下了重注。如果他不能傷癒歸隊，恐怕我血本無歸。」安德魯辯解道。

「那你完蛋了，你買了多少錢？」李傑問道。

「我的全部財產，一千美元。」

「那就算了吧，R．隆多的情況複雜，恐怕不能踢球了，沒有了他，他的球隊就是一隻沒牙的老虎。」李傑說完，不再理安德魯，直接走開了。

安德魯追在他的後面叫喊道：「那可是我的全部財產啊！」李傑還是沒有回頭，胖子深感無奈，他說的是真話。一千美元是他的全部財產，他不是一個喜歡理財的人。

他曾經自嘲，在醫術最好的人中，他是最窮的，但是在窮人中，他卻是醫術最好的。

「看來我應該回去整理一下研究筆記，投給雜誌社賺點錢，或者再出本書。」安德魯喃喃自語道。

第二劑

外來的和尚會念經

中國有一句老話叫做：「外來的和尚會念經。」
李傑這個外來的人卻沒有感到絲毫的容易，馬上就要手術了，
但是他卻依然抱著一本書埋頭苦讀。
「紗布、止血鉗、石膏、鐵釘……」李傑艱難地學習著這些單詞。
手術團隊裏的人都是英達利的本地人，
為了避免手術中的溝通出現問題，李傑必須學習。
語言的學習是最讓人苦惱的東西，雖然李傑會很多國家的語言，
但那都是在上一世的時候學習的。

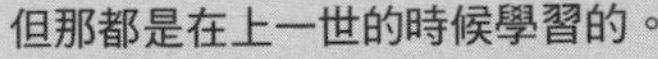

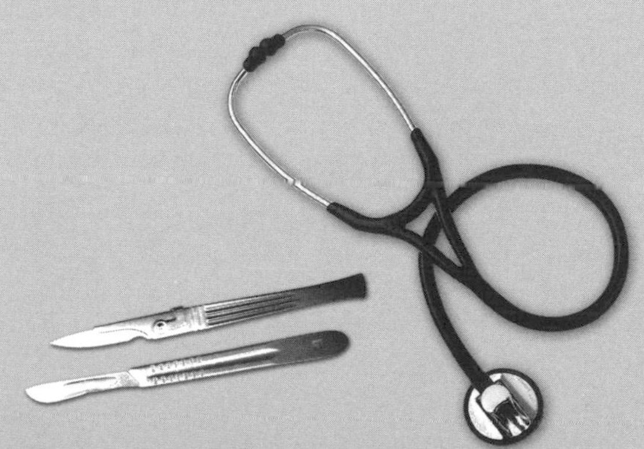

科蒂很重視R·隆多這個病人，這是他跟李傑的第一次合作，雖然這次合作不在他曾經計畫的範圍內。

他爲李傑準備了一個窗明几淨的辦公室。這裏設備齊全，甚至還給李傑配備了一台電腦，雖然他覺得李傑並不會使用。

李傑對於這個辦公室很滿意，他斜靠在椅子上，雙腳放在桌子上，手裏拿著一支圓珠筆，不停地轉來轉去。

「醫生，病人的檢查結果出來了，這是各種化驗報告。」一個年輕的醫生用英文說道。他是科蒂專門配給李傑的手下，一個剛剛進入醫院的實習生。

望著厚厚的文件，李傑覺得很是厭煩，於是說道：「直接告訴我結果就行了，你應該都看過這些了。」

「恕我直言，這個病人很健康，身體各項機能都完全正常，尤其是他的食欲非常旺盛。我們做了一切可能的檢查，但是沒有發現任何症狀。」

「這可是我第一個『健康』的病人哦，真是期待他身體中的秘密！難道這個世界要有什麼災變發生？他的身體按照生物防範危機的本能，在不斷地攝入熱量，積聚脂肪。我記得有一個叫做豬堅強的豬，依靠自身的脂肪在廢墟中支撐了很多天。」

「我們可以不給他食物，多給熱量少的食物，或者我們可以像對待肥胖症的病人那樣來對付他。」

李傑把腳從桌子上放下來，手中的筆像變魔術一樣又轉了好幾圈，然後他趴在桌子上寫了幾個字。

「去做這幾個試驗。」李傑說道。

「這是什麼意思？難道你懷疑他營養缺乏？他的食物搭配很合理啊，不可能患有營養缺乏症狀吧！」實習醫生驚訝道。

「去化驗就好了，他肯定是一隻能夠未卜先知的豬堅強，他的身體在聚集脂肪，但是他的骨密度卻在降低，皮膚也在變壞。我之前一直以爲是酒精的原因，但是現在我覺得他很有可能是身體內部的問題。」

實習醫生覺得李傑這是異想天開，這麼奇怪的症狀怎麼可能發生？不過李傑是上級醫生，他不過是一個實習生，根本就沒有權力違背他。

李傑知道這個實習醫生不相信他，他也懶得解釋。

他再次將腳搭在桌子上，斜靠在椅子上，閉上眼睛靜靜地等待結果。可是想安靜一會兒的確很難，李傑沒有休息幾分鐘，愛學習的夏宇就跑了進來。

臉色有些慘白的夏宇並不是一個人，他的身後還跟著一個年輕人，神色慌張的樣子，但是看起來卻很健康。

「別睡了，我給你帶來了一個病人，很奇怪的病，我根本一點頭緒都沒有！」夏宇搖醒了李傑說道。

「你都沒頭緒，我就更不知道。」李傑沒好氣說道。

「那我不是死定了？」病人慌張地說著。

剛才李傑說的不過是玩笑話，他最討厭睡覺被人打擾。現在他徹底醒了，觀察了一下病人問道：「你什麼症狀？」

「他腿部瘀血，臀部有刺傷，手臂上也有多處傷痕，這些都不知道是怎麼出現的！」夏宇不等病人說話，搶先回答道。

「的確很怪異。怪不得你這個移動醫學百科全書也不知道！」李傑說道。

李傑跟夏宇都是用中文對話，這個患者並不能聽懂，也不知道自己的病情怎麼樣了，於是用近乎哀求的聲音說道：「聽說中醫很是神奇，希望你們能救救我，給我點神奇的草藥吧！」

中醫的確神奇，甚至在歐美發達國家，很多人迷戀上了中醫治療。在他們看來，幾棵小小的草藥就能治療疾病，那就是一種奇蹟。

「讓我看看你的傷。」

病人看了一眼李傑，有些猶豫，但是最後還是挽起衣袖給李傑看他的傷口。他的傷很是特別，根本就讓人看不懂。

「什麼時候發現的症狀？」李傑問道。

不等病人答話，夏宇再次插嘴道：「很神奇吧，我從來沒有看過這樣的症狀。你說會不會是一種新的疾病啊？」

李傑白了他一眼，沒有說話，怪病千千萬萬，但所有的都是有據可依的，沒有發現的病幾乎看不到。

病人似乎很擔心自己的身體，戰戰兢兢地對李傑複述著自己的病情。他的傷痕是每天多出一處或兩處，每次醒來，他都非常害怕，害怕看到傷口。

李傑觀察了他的傷口以後，轉過身拿起圓珠筆寫了什麼，然後遞給病人說道：「按照我寫的去做，明天早上你肯定安然無恙。」

「太謝謝您了，醫生。」病人拿著紙條，看也不看就跑了出去，直接奔向藥房。

「唉。你跑錯地方了，藥房不賣這個！」李傑在他身後高喊道，但是病人卻根本沒有聽到。

「您太厲害了，我真是崇拜死你了，他是什麼病？」夏宇說道。

「什麼病也沒有，他是夢遊症，比較嚴重的那種，晚上夢遊的時候傷到了自己！我給他的方法就是將自己捆住……」李傑說著又回來坐下。他靠在椅子上，雙腳放在桌子上繼續做夢。

「怎麼會這樣？如果他不是這病怎麼辦？」

「肯定是，他應該是樂隊拉小提琴的吧！但是他的鞋子上卻有很多塗料，而且他的傷口多是釘子刮的，還有撞傷！我猜他夜裏肯定把自己當成了裝修工人。」李傑閉著眼睛說道。

夏宇仔細想了想，的確如此，在來找李傑之前，他已經詳細地問過，這個病人的確是交響樂團拉小提琴的。而且他還說他們家隔壁有個鄰居在裝修，每天夜裏都很晚，讓他難以安心睡覺。

「醫院真是太有意思了，我一會兒找到怪病再來找你！」夏宇說道。

「你知道麼，英達利最有名的是什麼？」李傑突然問道。

「不知道。」夏宇奇怪李傑爲什麼問他這個問題。

「黑手黨你聽說過吧！英達利是很危險的地方，你這個黃皮膚黑頭髮的傢伙，被黑手黨看到了，他們肯定會殺掉你。這就是爲什麼我待在這裏不出去的原因。」李傑嚇唬夏宇說道。

李傑的恐嚇並沒有起作用，夏宇雖然害怕，但他還是走了出去，並且對李傑說道：「我會小心的，你放心吧！」

李傑差點鬱悶死，他在這個城市的任務就是治好R·隆多的腿傷，他可沒有什麼其他的精力來處理那些怪病。

「嘿嘿，李傑快點來，出問題了！」

李傑睜開眼睛，又一次看到了夏宇，於是大聲吼叫道：「我不是說了麼，不要來煩我，這次又有什麼古怪的事情？」

「R·隆多的檢查結果出來了，不僅僅如此，還有很多其他方面的事。」

「藥檢顯示他沒有說謊！」夏宇對李傑說道。他剛剛從實驗室裏出來，檢查的確如他所說，尿液中並沒有發現服用禁藥的痕跡。

「不一定，也許現在他沒有服用，但是不代表以前沒有過。你要知道，他的腿已經斷了一段時間了，也就是說離開賽場了，他就不需要服用那些藥物，而那些藥物可不會在體內存在這麼長時間。」李傑說道。他已經喜歡上了他這個新辦公室，現在他每天都坐在這裏，雙腳搭在桌子上。悠閒的生活不是那麼容易得來的，所以他很珍惜。

「肯定是禁藥，他服用了副作用非常大的禁藥，或者是這種藥物導致過敏。無論什麼，只要去問問就知道了！」

R·隆多聽後卻憤怒了，揮舞著拳頭吼叫道：「你說什麼都可以，但是你不能侮辱我，我沒有服用禁藥，我所有的一切，我的成績都是真實的！」

「冷靜點，這關係到你的未來，你想想，你還要回到綠茵場上，你是巴西貧民窟孩子們的偶像，是他們的夢想。也許教練在你不知情的情況下給你吃了什麼。」李傑說道。

「你知道的，我不可能服用禁藥的，我只是泡吧而已！我不知道發生了什麼。」R·隆多說道。

李傑沒有再問什麼，他知道再問下去也不會有結果。雖然確診了疾病，但是不找到病因就不好治療。他這個病不可能是天生的，好不容易找到的線索又斷了。

此刻，李傑只能感歎：「這個健康的病人還真是難治療。等吧，他總會說出來的。」

「那我們要怎麼做？」夏宇問道。

「不知道安德魯在幹什麼？」李傑又突然問道。他現在對於服用禁藥的隆多，並不是那麼熱心了。在他看來，這位足球運動員並沒有說真話，只好暫時不管了。

「好像在整理什麼資料，我不太清楚。」夏宇回答道。

安德魯的確在整理資料，一些關於李傑的研究資料。從上次中國的地震開始，到現在已經過了半年多的時間。這段時間他雖然看似在忙一些亂七八糟的東西，但是他的研究卻一直都沒停下。特別是李傑的那個胳膊，給了他無限的靈感。

不過他現在沒有時間再深入研究了，當吃飯都成了問題後，他就沒心思搞別的東西了。胖子通常都會應那句古話「以食爲天」，安德魯沒有了美食，那還不如讓他去死，所以他現在正在準備給雜誌社投稿。他的稿子是千金難求，無論哪一個頂級科學雜誌都在求他發表文章。

安德魯是一個很邋遢的人，每當研究出什麼東西，他都是隨手寫出來放在一邊。當時的確省事不少，可是現在整理起來卻要瘋掉了。

大約一個小時左右，他終於不行了，發瘋一般地將所有稿件都扔到一邊，然後坐在沙發上喘息。

雖然只是整理筆記，但是大胖子的體力太差了，他的額頭已經可以看到細微的汗珠。休息了一會兒，他卻怎麼也提不起精神來繼續幹活。

坐在沙發上休息了一會兒以後，他突然想起了自己還有一個助手，於是，他跑出屋子，敲了敲隔壁的房門。

于若然就住在安德魯的隔壁，自從來到英達利以後，她就覺得自己是一個閒人。她甚至有點後悔，覺得自己不應該來這裏。

當她聽到敲門聲的時候，還以爲是李傑來找她，可是打開門卻發現是安德魯。

「助手來幫忙，整理文件了！」安德魯拉著于若然說道。

于若然雖然心中不認爲自己是他的助手，但是並沒有拒絕幫忙，只是對他說道：「等一下，我換身衣服。」

安德魯這才發現，于若然竟然穿著睡衣，那若隱若現的優美曲線讓他噴血，於是心中默念「阿彌陀佛，女人都是妖怪」。

阿彌陀佛似乎起了作用，安德魯一轉身竟然看到了李傑那張黝黑的臉。這嚇了他一跳，沒好氣地說道：「你怎麼突然出現，你不知道很嚇人麼？」

「你跑這裏來幹什麼？這不是于若然的房間麼？」李傑驚問道。

「又一個助手。李傑來幫忙，我這裏有很多東西要整理！」安德魯說著將李傑拉進自己的房間。

男人的房間總是亂七八糟，但總會有一個限度，可安德魯的房間都不能稱爲男人的房間了，整個像一個豬窩。不過這個豬也是一個有文化的豬，滿屋子的資料讓李傑看了就頭痛，更何況他來這裏的目的也不是幫忙整理資料。

「你還知道R．隆多的經紀人吧，你跟他很熟悉麼？」李傑問道。

「當然熟悉，不過聽說他們兩個人鬧翻了，發生什麼事了麼？」

「我懷疑，R．隆多在服用禁藥，不過應該是在當事人不知情的情況下服用的，具體怎麼樣我就不知道了。我想他的經紀人應該清楚這件事，或許是他幹的也說不定。」

安德魯一邊收拾著髒亂的屋子，一邊說道：「這些都不重要，他們兩個人已經鬧翻了。你就是去找他也沒有用，不會有任何線索，還不如幫我先整理這個東西！我有辦法找出他服用了什麼禁藥。」

李傑一想，安德魯說得也對，去找經紀人也沒有效果，於是彎下腰來幫忙收拾散落在地上的資料。

李傑彎下腰拾了幾張，隨後他聽到了很輕微的腳步聲，看到一雙踩著雕花涼鞋的纖足。不用抬頭他也知道，這是于若然。

「安德魯，我先去醫院了。」李傑說完頭也不回地走開了。

安德魯想要說些什麼的時候，李傑已經離開了。他看著李傑離去的背影，再看了看于若然，只能歎著氣搖了搖頭。

李傑走得有些慌張，說落荒而逃更加確切一些，他也不知道爲什麼，同時心中也不想知道爲什麼，更是沒有時間來想。

醫院在車禍中的良好表現得到了廣大市民的一致讚揚，特別是那位議員一步步地康復，爲醫院贏得了無數的聲望。

李傑是最大的功臣，但是他卻並不在乎這點名聲。在醫院門外有很多支持這位議員的民眾，他們點著蠟燭爲他祈福。

繞過這些民眾，李傑小心地走進醫院，他不想招惹不必要的麻煩。如果被這些人發現，他恐怕會有麻煩，誰知道裏面會不會有反對黨的殺手。

這還不算什麼，如果讓別人知道著名的球星R．隆多也在醫院裏，估計更加狂熱的球迷們會衝進醫院。

李傑剛走到自己辦公室門口，就發現夏宇竟在辦公室裏等著他，似乎等了很久的樣子。

「兩個消息，一個好的，一個壞的，聽哪一個？」夏宇說道。

「說吧，隨便說哪個都行。」李傑不在乎地說道。無論說哪一個，結果也不會改變，他此刻心中不知道爲什麼，有一種說不出的暴躁。

「好消息是，我們知道R．隆多服用的禁藥了。壞消息是，俱樂部解除了他的合同，而且他的下一個合同也很難得到了！」

「治好了他的病就好，其他不用管。你是怎麼知道的？一項一項檢測的？」李傑問道。

「他的經紀人透露出來的，我們可以對症治療了！」夏宇說道。

的確可以治療了，但是李傑想的卻是另一個方面的事。俱樂部跟他解約了，雖然李傑嘴上說不關自己的事，但實際上這很大程度上也是因爲他，這位足球巨星才跟俱樂部解約的。

「先不要告訴他解約的消息，在他恢復之前，不要告訴他任何事。」李傑說完，就離開了辦公室。

病房裏的R．隆多胃口很好，大口大口地咀嚼著，這位除了脂肪其他什麼都不吸收的傢伙似乎無憂無慮像孩子一般。他將一切都賭在了李傑這個心胸外科醫生的身上，完全沒有擔子的他此刻是無比的輕鬆。

「你的病情有進展了，身體很快就能恢復。只要重新調整體內的混亂的……」

「不用告訴我這些，我只要知道你能治好我就行了。」R．隆多說道。

「謝謝你對我的信任，準備手術吧，然後你要修養一段時間，下個賽季的聯賽你還能參加。」

「沒問題，我已經迫不及待地準備再次上場了，但是不知道我會披上哪個俱樂部的戰袍！」R．隆多有些苦澀地說道。

「你已經知道了麼？」李傑問道。

「是啊，我剛剛看電視了。」他指著牆上的電視說道，然後又轉過頭對李傑說道：「我希望你能告訴我，我最壞的情況是什麼樣？最好的情況呢？」

「最壞的情況就是，手術失敗，但是你還能走路，或許不能適應高強度的比賽了！」李傑說道。

「我已經取得了所有的榮譽，就算手術失敗了，那也是我的命運吧！如果不能恢復百分之八十以上，我就選擇退役。」

又是一個追求完美的人，如果不能證明自己的價值，寧可離開，淡出人們的視線。

「其實我有很大的把握讓你完全恢復。」

李傑說完，轉身準備離開，卻聽見R．隆多說道：「謝謝你，其實那禁藥不是我有意的，體能教練當時告訴我那不過是一種普通的藥物，增強體質的東西。」

李傑只是稍稍地停了一下，並沒有說什麼，逕自離開了病房。

答案已經找到了，在隨後的日子裏，只要他能保持健康的生活方式，不再服用禁藥，他肯定能恢復。

不過，在這之前，他需要一台手術，一台膝蓋的修復手術。李傑爲此已經準備了一段時間，並且作了充分的計畫。

科蒂院長很關心這台手術，這次的議員手術成功是第一步，R．隆多的手術則是更進一步。他甚至想到建立一個專門的部門，從隆多開始，專門服務那些運動明星。

這次的手術召集了醫院最好的醫生，主刀醫生就是李傑，其他無論助手還是護士，再也不是李傑第一次給醫院手術時的那些菜鳥。

中國有一句老話叫做：「外來的和尚會念經。」李傑這個外來的人卻在英達利沒有感覺到絲毫的容易，馬上就要手術了，但是他卻依然抱著一本書埋頭苦讀。

「紗布、止血鉗、石膏、鐵釘……」李傑艱難地學習著這些單詞。手術團隊裏的人都是英達利的本地人，爲了避免手術中的溝通出現問題，李傑必須學習。

語言的學習是最讓人苦惱的東西，雖然李傑會很多國家的語言，但那都是在上一世的時候學習的。

手術安排在下午一點鐘，也就是午飯後稍稍休息一下就要進手術室，病人的情況很穩定，李傑也很有信心。

坐在辦公室的椅子上，一遍又一遍地背誦著晦澀難懂的單詞。他正在努力用功的時候，眼角的餘光通過窗戶看到了一個熟悉的身影——那個會英語的實習醫生。

實習醫生的名字叫做Duck，中文名字就是小鴨。

這個傢伙很喜歡小鴨這個中文名字，對此，他對李傑萬分感謝。

他其實被科蒂安排爲李傑的手下，雖然是臨時的，但是他卻一直以一種很嚴謹認真的態度來對待這份臨時的工作。

「小鴨，你有什麼事麼？」李傑問道。

「我來通知你參加會診，所有人都就位了，就等你過去呢！」

「會診？什麼會診？難道下午的手術還需要會診，要知道我早已經準備好了！」李傑一邊說著一邊收拾東西，雖然這麼說，但是會診卻不能不參加。

科蒂有點小題大做了，明明不是很困難的手術，而且李傑早已經制定了手術計畫，根本就沒有必要再搞什麼會診，他是不會改變手術計畫的。

作為曾經的洛姆城最大的醫院，雖然沒落了，但是瘦死的駱駝比馬大，它的實力依然不可小視。

科蒂為了振興醫院，將那些退休的老傢伙們重新聘請了出來，同時也利用醫院的影響力以及多年的人脈關係，挖來了很多實力派醫生。

他不可能將醫院的復興都寄託在與李傑的合作上，但是這不說明他不重視合作，相反，他將與李傑的合作視為很重要的環節。

近百平方米的會議室坐滿了人，上一次綜合醫院如此興師動眾還是幾年以前的事，那是一位富翁身患重病時。

那個時候，幾乎全歐洲的名醫都集合在這裏，為那位富翁的疾病激烈地討論著。在那個時候，這個醫院還是第一，這個城市，甚至這個國家最好的醫院。

時過境遷，今日的它已經沒落了，昔日盛況不復，但是科蒂並不死心，他要恢復往日的榮譽。

當李傑走進來的時候，原本安靜的會議室變得騷動起來。雖然早有心理準備，但是他們沒有想到李傑會這麼年輕。

李傑毫不畏懼這樣的狀況，雖然台下坐著眾多的知名醫生，但李傑已經習慣了這樣，即使比這更讓人緊張的情況他都經歷過。

「李傑醫生，希望你能把隆多的手術情況介紹一下。」科蒂走上前說道。

李傑恨恨地看了科蒂一眼，這個傢伙竟然突然來這麼一招，真不知道他到底在想什麼。

走到前台，李傑首先介紹了這個病人的具體情況。他將病人的影像學圖片、病歷等等展示、複述一下就可以了。

本來他還擔心這群傢伙不會說英語，但是很顯然，他的擔心是多餘的。在場的人很明顯能聽懂他說什麼。

李傑一步一步地介紹關於隆多的膝蓋問題，但是他也隱瞞了很多情況，比如患病的原因以及患者名字等等。

「患者的血運差，修復力弱，一旦損傷，難以自行修復，所以應該及時治療。另外，還有韌帶的破損，內側副韌帶的破裂，節囊纖維的破裂。」李傑在簡單地介紹了一下以後又繼續說道，「手術的目標就是纖維組織修復，將破碎的骨頭清除出去，同時拉動內部纖維，讓其日後形成纖維軟骨以加固骨骼、代替損壞的骨的功能。只要處理正確，不會影響膝關節功能。並且患者是一個運動員，完全可以再次馳騁在賽場上！」

李傑說完以後，發現沒有熱烈的掌聲，相反，質疑的聲音卻從來也沒有間斷。

夏宇也坐在其中，有些焦急地看著李傑，手術的知識他懂得不多，但是他相信李傑。

小鴨也在其中，他只是一個實習生，沒有發言權甚至連一個座位都沒有。他自己搬了凳子坐在夏宇的身邊。

李傑的手術方法很奇特，在醫學院成績優異的小鴨從來也沒有聽說過。而且他認爲，這樣的手術方法實在是冒險，他甚至不相信這樣的手術可以完成。

「此種手術的切口較小，半月板又緊緊嵌於脛、股骨內、外，手術時視野太小了，難以窺見全部，僅在摘出以後，才可見到損傷情況。但是這個時候就太晚了，難道你能確保你是完全正確的麼？」一個李傑沒見過的醫生反駁道。

「哦，我忘記說了，我的切口選擇不是你想像的那樣，我是根據病人的實際情況做兩個切口。」李傑說道，又將早已經準備好的圖片拿出來，給大家講解。

台下一時議論紛紛，他們是第一次見到李傑這種創意手術方式，此刻人們都有一個感覺，這個傢伙的想法天馬行空、無跡可尋，是所有的經典手術案例中不曾有的東西。

雖然只是小小的改動，但是已經讓延續了很多年的手術台多了一絲新鮮的空氣。

「但是太難了！」台下的一個老醫生感歎道。他的觀點得到了周圍醫生的贊同。李傑的想法雖然驚人，但是那手術中需要的技術讓人無法相信他能完成。

老醫生距離夏宇不遠。夏宇這位李傑的堅定支持者不懂手術，於是對小鴨問道：「真的很難麼？」

「沒錯，按照李傑醫生的說法，那麼細緻的操作，幾乎是不可能完成的，只要手一抖，就會造成不可逆轉的破壞。而且韌帶的修復也很誇張，我都無法想像什麼樣的縫合能讓韌帶固定。」

「那沒有關係，沒有什麼是他做不到的。」夏宇終於鬆了口氣。如果只是技術上的難題，他堅信李傑肯定能完成。

但是其他人卻不這麼想，又有反駁李傑的醫生站了起來，李傑覺得他似乎有意跟自己作對，因為他說話的語氣等等方面讓李傑覺得他充滿了敵意。

「這樣的手術完全行不通，你這是在賭博，我們必須為病人負責！更何況這個病人是一個著名的足球運動員，我們需要一個更完美的方案……」

李傑憤怒地看了一眼科蒂，對方在李傑的目光下顯得有些羞愧。隆多在這裏的秘密本來只有李傑和科蒂知道，他們定下了協議，保證不將這個秘密洩露出去，但是現在，這個醫生卻知道了，李傑當然感覺到憤怒。

李傑耐著性子沒有爆發，認真地聽著對方的反駁意見，那個醫生制定的手術計畫讓在場的人感覺要比李傑的好。但是這在李傑的耳朵裏卻是狗屁不通，深入瞭解了隆多病情的李傑，很清楚他需要一個什麼樣的手術。

那個醫生所說的計畫根本不行，首先，他不適合隆多，另外，他在複述的時候漏掉了很多關鍵的技術步驟，他完全迴避了手術的縫線，避而不談風險。

當這個醫生反駁的話語結束以後，整個會場第一次響起了熱烈的掌聲，幾乎所有的人都認同了他的觀點。

「李傑醫生，我覺得你按照我的方法來做這個手術，才能真正成功！」那個醫生說道。

科蒂見李傑沒有說話，於是在一旁勸說道：「這位是全英達利最好的運動損傷專家，他曾經為很多運動明星提供過治療方案，我覺得你應該考慮一下他的意見。」

「那好，您覺得按照這個手術方案，手術的成功率有多少？」李傑反問道。

「那當然是百分百的成功率，術後也可以百分百地恢復到他巔峰的水準。我相信他會再次馳騁在綠茵場上的！」這位醫生彷彿在演說一般，話說得很漂亮，但是實際情況卻並不像他說的這樣。

「那麼，在場的各位，誰覺得自己能做這個手術。或者你這個手術方案的制定者最適合呢？百分之百的恢復，我真為患者高興！」

在場的醫生全都呆住了，沒有一個人出聲。那個反駁的醫生也是一樣，雖然是他提出的計畫，但是他卻並不敢接受這個手術。

這個看似完美的手術計畫，實際上難度大到無限，就算李傑按照他的方法來做，也難免會失敗。另外，那個計畫的效果也不好，根本沒有他說的那麼好。

有些人只會動嘴，當事到臨頭的時候就退縮了。

李傑凌厲的目光掃過眾人，他們都低下了頭，再也沒有人說什麼。最後當他看到科蒂的時候，這位老院長才明白過來。

他才明白，原來這群人都是故意給李傑找碴的，或許自己透露給他們的過多了，這群英達利的醫生想將李傑趕走。

如果讓李傑成功在這裏站住腳，那麼根據李傑與科蒂的合作計畫，大量的優秀中國醫生將湧入這裏，他們的日子就會是充滿競爭的艱苦日子。

「我需要我上次的手術團隊！」李傑對科蒂說道。

「好的！」科蒂點頭。現在無論李傑有什麼要求他都會答應，這可能是因爲愧疚吧。

在場的醫生們已經把李傑看成了敵人，如果讓他們進手術室，恐怕會出什麼亂子，爲了隆多對自己的信任，李傑絕對不允許這樣的情況出現。

即使是孱弱的手術團隊，對於李傑的手術也沒有什麼特別大的影響。僅僅用了四十五分鐘，他就完成了這個手術。

李傑故意地把手術設定在開放性的手術室，任何人都可以觀看。他讓綜合醫院那些反對的醫生們見識到了什麼叫做真正的手術。

同時，李傑也絕對不會放棄與科蒂院長的合作，即使有這麼多的醫生反對，即使未來的路可能會困難重重。

李傑走出手術室的時候，他聽到了掌聲，那些觀看手術的醫生們的掌聲，他們真心佩服這位中國醫生的醫術。

不過，多數的醫生還是直接離開了，在他們看來，這個中國醫生技術高超，他們如果不想出更好的辦法，飯碗肯定會丟。

優勝劣汰是很正常的事情，李傑可不會仁慈到管他們怎麼樣，他認為這樣禍害人的庸醫早應該淘汰。

走出手術室以後，李傑頓感渾身輕鬆，雖然僅僅四十五分鐘，他可是拚盡了全力。

同時，這也算是完成了任務，他完成了安德魯給他的任務，但是安德魯卻沒有兌現對李傑的承諾。

安德魯的承諾就是安排一家醫院給夏宇手術，同時弄到治療李傑手臂的藥物。畢竟經常性的換血不是個辦法。

但是在這之前，李傑必須跟院長科蒂談談。在英達利，為了實現人人平等，就算是領導也不會建很豪華的辦公室。

科蒂院長的辦公室看起來甚至還沒有李傑的那個臨時辦公室好，但是這並不代表他艱苦樸素，這屋裏不起眼的角落有好幾個古董，那可都是價值幾十萬美元的東西。

科蒂是被李傑拉進來的，他知道李傑要對他說什麼，於是也不拐彎抹角，進了辦公室，就對李傑說道：「今天的確是我的錯，你有什麼想說就說吧！」

「哦，原來你也知道，我要求的就是這樣的事再也不能發生。」李傑淡淡地說道。

「當然，以後絕對不會出現這樣的事情了，我保證。」科蒂信誓旦旦地說道。

「口頭保證可不行！我們的合作必須再增加幾條，以保證我們能永遠愉快地合作。」

科蒂看了一眼李傑，好像是第一天認識他一般，他已經明白了這個東方人的意思，他是想借這個機會來要求更多的利益。

如果換一個時間，科蒂可能不會答應，但是這次是科蒂理虧，同時李傑也展示了無與倫比的手術技術。這讓科蒂更加覺得合作會帶來好處。

「說說你的要求吧，也許我可以接受。」科蒂面無表情地說道。

李傑看著他那沒有表情的瘦臉，緩緩地說道：「首先，你大可不必擔心。爲了避免今天這樣的事情再發生，你應該給我一個保證，以後的中國醫生來這裏應有自己的權力。也就是醫院不得干預中國醫生的病人，無論他用什麼方法。」

「這沒有問題，我早就想這麼做了！」科蒂鬆了一口氣說道。他還以爲李傑有什麼過分的要求，原來竟然是這麼一個小小的要求。

這看似一個小小的要求，其實意義重大。中國人的學歷在這裏不被承認，如果按照以前的合同，中國的醫生來這裏恐怕又是要當一陣子實習生，然後才能真正上場。

不過現在就不同了，醫生來這裏以後，直接成爲獨立的醫生。同時可以擁有完整治療病人的權力。

國內的很多醫生都喜歡用中藥，如果沒有這個條款，恐怕中藥沒有辦法應用。這樣的好處很多，比如中藥不被承認，而它的療效卻是全世界都知道的。

當然至於怎麼把藥弄過來並賣出去，那都不是李傑操心的了。在這裏，買賣禁藥已經是很普遍的事情。中藥又不是害人的東西，員警不會重點查封。

「科蒂院長，我還有另一條要說。」李傑對著暗自高興的科蒂說道。

果然，這句話如李傑所想的一樣，科蒂很緊張地問道：「還有什麼要說？」

「我想我跟這裏的醫生溝通有問題，我們都只是會說英文，至於英達利語，我覺得您很有必要先派出十幾名醫生到我的醫院去，進行一下語言的培訓，同時也增進一下我們兩院醫生的感情！」

科蒂點了點頭。

「還有，最好能弄一批儀器，可以就地培訓，另外找一個醫院的管理人員。我們兩家醫院的管理方式上有太大的不同了，恐怕也很難適應。」

「儀器恐怕困難，我們也沒有多餘的，你們只能自己購買。至於援助資金，恐怕還要按照合同上的來辦，至於其他的，我們覺得都是很棒的主意，你真是太天才了！」科蒂高興地說道。

「我當然是天才，更天才的還在後面，只不過你還不知道而已！」李傑心中暗想，但是表面上卻不動聲色地繼續說道：「我們合作本就是互利雙贏，但是您的手下恐怕會有一些不滿意，畢竟中國醫生到來恐怕會危及他們的地位。但是您知道，如果這麼下去，您的醫院、您的生意可就要垮掉了。」

「說得沒錯，我不能再聽信他們的話了！」科蒂咬牙切齒地說。在他看來，生意才是最重要的。無論什麼事情，只要威脅到了他的生意，他絕對不會姑息。

「沒有其他的事了，那我走了，我覺得我今天晚上就可以擬出一份合作的協議。」

「沒有問題，我肯定會簽字的。」科蒂說道。他還不知道，自己正在走入李傑的陷阱，一個看似平等的不平等條約正在等待著他。

第三劑

挽救足球明星的生涯

就目前R·隆多的恢復情況來看，手術還是挺不錯的，
接下來，李傑要替他做一個可以讓他在短時間內迅速恢復到以前狀況的康復計畫。
到那個時候，R·隆多留在足球隊就不是什麼問題了。
公眾都是比較健忘的，
如果當一個公眾焦點人物有一些正面消息來取代以前的那些負面新聞的話，
相信用不了多長時間，那些負面新聞就會消失在公眾的腦海裏。
R·隆多重披以前的戰袍，機會還是有的。

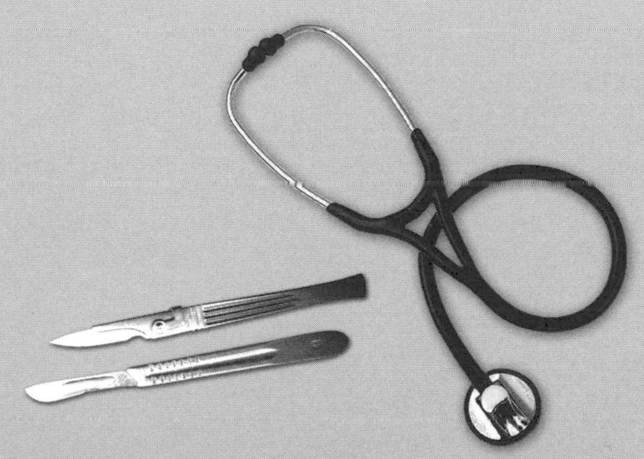

離開院長的辦公室以後，李傑決定去看看R．隆多。李傑以爲這位受到萬千球迷矚目的傢伙此刻有點淒涼。因爲他住院的消息是嚴密封鎖的，包括他的朋友在內，幾乎很少有人知道他在這裏住院，更不知道他今日的手術了。

這是一個局部小手術，他此刻的感覺不過是傷腿沒有知覺而已。此刻的R．隆多正在開心地看著電視節目，那一頭捲髮不停地顫動。

同時他也不像李傑想像的那麼孤單，在病房中，有一個巨大的熟悉身影正在陪著他。不用想也知道，肯定是安德魯。

他們兩個人在病房裏正在討論著關於足球的話題，這兩個人的嗓門都比較大，甚至在病房的外面，李傑都能聽到他們的討論。

「嘿，哥兒們你聽我說，你見識到了什麼叫人情冷暖了吧。現在你應該找一個最溫暖的地方，去真正愛你的人那裏，那些豪門不適合你。」安德魯說道。

「那你說，我去什麼地方比較好呢？」

「當然是去一個小球會，他們的球迷熱忱、富有激情，你還記得你在比利時的那個小球會麼？你現在應該還記得那些球迷吧！」

安德魯的話似乎勾起了隆多無限的回憶，這位超級巨星陷入了沉思，的確，他的記憶中還清晰地記得那些可愛的球迷的笑臉，記得他們爲自己加油助威的比賽，記得自己當時的快樂生活。

就在他陷入美好的回憶時，李傑跑進來打斷他說道：「別聽這個胖子胡說，他是想騙你，其實他是個賭球的傢伙。他想在你這裏撈到好處。」

李傑毫不留情的揭露並沒有讓安德魯有一絲的羞愧，他還擺出一副很冤屈的樣子說道：「你這是冤枉了好人啊，我只不過是他的球迷，想幫助他而已。原來我在你的心目中是這麼的不堪，可憐的我剛剛還在幫你聯繫藥物。」

「怎麼樣了？我可不想再換血了，我已經厭惡了換血！」李傑著急地問道。

「我們出去說，不要打擾了隆多休息。」安德魯說著拉起李傑就往外走，在走到門口的時候還不忘對著隆多說道：「你應該考慮一下我的建議，我會回來找你的。」

「你不會爲了騙我，沒有準備藥吧！」李傑懷疑道。他覺得安德魯是爲了不讓自己壞他的好事，故意這麼幹的。

「你這次可是真的猜錯了！走吧，我帶你去他們研究室，其實你運氣不錯，他們昨天才告訴我藥物成功了。」

「什麼？你說他們的藥物才剛剛研究成功？那我不是試驗品了？這也就算了，如果他們沒有研究成功怎麼辦？」

「成功了能治好病是最好，如果不成功，你就當來旅遊了，等以後再有好藥物吧！」安德魯不在乎地說道。

李傑並不擔心自己成為一隻小白鼠，他也是醫生，同時也是一個醫院的院長，而且自己擁有一個藥物研究所。

他堅信這些國外同行們跟他一樣，對於藥物品質有著嚴格的要求，絕對不會隨便胡亂試驗。更重要的是，他相信安德魯，這個看似缺心眼的胖子，其實心思縝密，根本不會害他。

李傑和安德魯乘了一輛計程車來到郊區。藥物實驗室就隱藏在一片小工業區內，一個不起眼的，類似車庫一樣的房間就是安德魯口中那個實力超強的藥物研究室。

一進門，李傑就聽到了刺耳的重金屬搖滾音樂，屋子裏面，幾個年輕人瘋狂的搖擺著，但是他們手中拿著的不是吉他、貝斯，而是量筒與試管。

這是一群跟著重金屬搖滾的節奏做試驗的人，李傑做手術的時候就喜歡聽音樂，但是卻沒有他們這麼瘋狂，這群傢伙做試驗的節奏都是跟著音樂走的。

「嘿！你們這群混蛋們，我來了。」安德魯的聲音將完全沉迷在音樂中的研究人員們震醒了。

「夥計們，你們看，是死胖子來了！」一個紅頭髮的傢伙說完後，與安德魯緊緊地擁抱在了一起。

這群傢伙的打扮一點都不像研究室的人員，那種隨意的很街頭風格的嚣張打扮，再加上重金屬搖滾音樂在這個破車庫一樣的實驗室裏震響著，讓人覺得他們不是在製作藥品，更像是毒品。

李傑很懷疑安德魯是不是帶錯了路，同時也在考慮是不是要繼續相信這個死胖子說的話。

安德魯與這裏的傢伙們挨個地擁抱，然後指著李傑對他們說道：「這個是我在中國的兄弟李傑，也就是我上次說的天才醫生，不過他現在需要你們新藥的幫助。」

實驗室的負責人是一個滿頭白髮的傢伙，他看上去像是電影中跑出來的人物，經典的瘋子科學家的打扮，一頭亂糟糟的白髮，厚厚的眼鏡片以及滿是皺紋的臉。

剛才在搖滾樂下瘋狂的瘋子科學家此刻變得動作遲緩起來，似乎剛用盡所有的力量一般。

「我們正缺少一個醫生，讓他來幫幫我們吧。我們才做了幾組對照試驗，需要做一個探查，但是你知道我們沒有儀器，所以麻煩這位天才醫生幫忙！」

安德魯看了一眼李傑，用漢語說道：「小子，他們只尊敬有才能的人，這也算是一個考驗，你不要怪他們，這群傢伙都是怪人。」

李傑點了點頭，怪人他見過的太多了，也不在乎這一兩個，於是對那個瘋子科學家說道：「說吧，我會幫忙的！」

那個白髮瘋子邪惡地笑了笑。他的助手，也就是那個紅頭髮的傢伙立刻拿出一個老鼠籠子，裏面是三組老鼠，每組各五隻，幾個老鼠都很健康。

李傑有一種不好的預感，這群傢伙似乎要刁難他。

「這幾個老鼠本來就是擁有嚴重血栓的患鼠，但是在我們的新藥幫助下，已經恢復了健康，我們現在要更加明確地做一個探查，但是沒有儀器，麻煩你這個天才外科醫生解剖檢查一下吧！」瘋子科學家說道。

什麼叫做玩死人不償命？這就是一個活生生的例子，小白鼠的解剖本來就已經夠困難的了，竟然還要求他去找出血栓？

這根本是不可能完成的任務，正常的方法就是照血管的X片圖像。這經濟實惠，而且簡單多了，可是他們卻讓李傑做解剖。

「你確定牠們都是血栓患鼠？」李傑接過籠子說道。

「沒錯。兩個禮拜前牠們還是，但是現在不能確定血栓消失沒有。」

「給我準備一個亮度高一點的燈，然後來個微型的手術台，我來試試吧！」

小白鼠幼小的軀體給李傑增加了不少的麻煩，身體小，血管也就小。如果不是他眼力比較好，恐怕他要用放大鏡才行。

「討厭的考驗！」李傑心中暗罵。雖然不願意，但也沒有辦法。

這個探查實在太苦難了，李傑相信這個世界上不會有人跟他一樣幹的。一個X光片的血管造影圖可以清晰地顯示，但是他卻要在這裏浪費時間。

刺耳的重金屬搖滾讓李傑心煩意亂，這是一台精細的手術，根本與這個節奏合不上。那群做實驗的傢伙們同樣是做精細的活兒，但是他們卻很好地融入其中，這讓李傑很難搞懂。

最小號的手術刀對於小白鼠來說也是過於巨大了，小心翼翼地連續奮戰了兩個小時以後，李傑終於搞定了這些老鼠。

李傑拎著一窩死老鼠，走到那個安德魯和那個白髮瘋子面前。兩個人正聊得高興，突然面前「嘭」的一聲多了一籠子死老鼠。

「搞定了，所有栓塞的血管都找到了。效果還算不錯，血栓破碎了竟然直接融入了血液中。」

白髮瘋子聽到李傑的誇獎很是高興，站起來拍著李傑的肩膀說道：「我研究出來的東西怎麼會差勁？」不過，接下來他說的話差點讓李傑暈倒。

「你還真解剖了小白鼠啊！其實這不過是一個玩笑，我們早就知道血栓消融了。不過你還真厲害，竟然在那麼小的血管裏找到了血栓。」

「我說了吧，這個李傑跟我們『生命之星』的首席外科醫生保羅一樣傻，只有他們兩個人會幹這樣的事。」安德魯笑得眼淚都出來了。

白髮瘋子點了點頭，深表同情。

爲什麼只有李傑和保羅會幹，因爲他們兩個根本不覺得這有什麼困難。相反，不幹這件事的，從一開始就知道，這不是他能做的，所以也不會同意去做。

「別生氣，這不過是一個玩笑。你要用的藥物已經準備好了，你在服用之前要明白，你可是第一個哦。而且爲了觀察藥物的效果，你以後不能換血了！」

李傑沒有說話，直接接過藥物，一口吞下，然後拿起桌子上早已經準備好的水倒進口中。

「能把藥物的研究報告給我看看麼？我想知道我是怎麼死的。」李傑玩笑道。

一個公司的研究報告雖然算不上什麼機密，但是卻也不是隨便給人看的東西，不過這個傢伙很喜歡李傑，二話不說地將報告遞給他。

這份報告充分展示了這群研究者的風格，重金屬搖滾和那紙張、字體甚至用詞方面都是如此，李傑不知道他們的老闆怎麼能忍受得了這麼一群變態的手下。

雖然報告很不規範，但是內容確實讓李傑拍案叫絕。李傑雖然有著超越這個時代二十年的知識，可也不是什麼都懂，比如這種藥就只知道個大概。

「真是天才的想法！」李傑由衷地感歎道。這算是經典的製作方法了，就算再過二十年，這樣的藥物也不過時，事實上，有很多藥物都是百年前發明的，最著名的要算治療心絞痛的硝酸甘油了。

「你們這個實驗室屬於哪個公司啊？好像英達利沒有什麼特別著名的大醫藥公司吧？」李傑忍不住問道。

「我們還沒有找到投資人，難道你想投資？如果投資，我可是非常歡迎的，其實這種藥物已經通過藥物管理局的審批了。」白髮瘋子問道。

「他可沒有錢，現在他還欠著我這個窮鬼不少錢呢！」安德魯插嘴道。

李傑本來也沒有什麼投資的想法，但是聽到通過藥物管理局審批的話後，他突然想到自己的那個康達公司。康達藥物的研究雖然定下了，但是國內審批困難重重。眼下的這種藥物在英達利已經通過了審批，這樣的話，回到國內是很容易通過藥監局的檢查，可以很快速上市的。

「唉，安德魯，你下次不能帶一個富翁過來麼？這都是第三個了，我們的工作室快要堅持不下去了，再這麼搞下去，我們真的要被柏瑞合併了。」

「還有兩種？」李傑驚訝道。這個實驗室果然不能小看，一般的人一輩子也就攻關一個專案了。

這個重金屬瘋子團隊竟然一下子研究了三種藥。接下來讓人更加吃驚的是這種血栓藥物並不是他們的主打產品，他們最主要的產品竟然是一種藍色小藥丸。真是瘋狂的世界，這種小藥丸的知名度很高。

李傑在知道他們曾經的研究後，驚訝了好半天，此刻他終於回過神來，對著白髮瘋子負責人說道：「這種藥物的代理權賣掉了？」

「這個東西剛剛研究出來，還沒有做臨床試驗，不過代理權已經賣出去了，可惜只賣出去這一個。」

「那我吃的這種抗血栓的藥物留給我吧！亞太地區的代理權，我只要這一部分，其他的你可以再賣掉。」

「你冷靜點，你哪裏來的錢？」安德魯說道。

「我們來合作建立一個公司如何？專門銷售這種藥物的公司，我可以給你們百分之十五的股份。」

海外銷售！這是一個想都不敢想的問題，如果不是李傑提出來，這群人根本不會考慮亞太地區的銷售。

這不能說他們目光短淺，他們的實力不允許他們如此擴張。這是一群追求自由的人，不會為了金錢而投身於那些大公司。所以他們只能建這樣的一個小研究室。

再則，亞太地區一直不受重視。當然，這是時代所限，用不了幾年，那些外國大資本家就會蜂擁而上，特別是中國這個新興的市場，將是他們最大的金礦。

這個瘋子實驗室的藥物都是好東西，首先是藍色的小藥丸，想想後來那鋪天蓋地的廣告就知道它有多麼的熱銷。雖然代理權賣出去了，但是李傑不擔心，中國地大物博，中醫方面的養生之道比這種藥丸好得多，只需要回去好好研究一下，總會弄出比它效果好的藥物。

血栓類藥物的市場很大，不過，李傑更看重的是它可以讓自己的康達公司立刻擺脫無藥物可做的局面。

對於李傑的提議，他們不可能不動心，但也許因爲長期的科學工作養成了嚴謹的作風，他們並沒有馬上答應。

李傑和安德魯又在這裏聊了一會兒，就離開了。李傑本來還打算再跟他們商量一下，但是安德魯卻硬是拉著他走開。

「小子，你別再去瘋了。藥物的銷售不是那麼容易做的！你還是安心當你的醫生吧。」

「我可是認真的，這個我做定了，而且我也覺得肯定會成功，這對他們來說就是一筆額外的收入。他們恐怕還沒有想過什麼藥物能賣到亞太市場吧！」李傑笑著說道，最後他又補充了一句：「當醫生一次只能做一台手術，如果做這個，每天都會有成百上千的患者得救。」

「別想那個代理的問題了，我是不會幫忙投資的。我也不會給你說情，絕對不可能！」安德魯不耐煩地說道。

他的固執讓李傑無語，無論怎麼說，這個死胖子就是不同意李傑代理那種藥物，說什麼當醫生要專心致志，不能搞副業。

他甚至還引經據典，說得李傑一點脾氣也沒有，只能瞪著眼看著這個死胖子。

安德魯不幫忙，李傑也有自己的辦法。這次代理他就沒有打算出錢，從一開始他就打算空手套白狼。

那夥人的藥物雖然經典，但是也沒有到那種一統全球同類藥物市場的程度。這個世界很多人都相信經驗，寧可用以前療效一般的老藥物，也不會嘗試新藥。

李傑看重的不過是這種藥物在國內通過審核的機率比較大，同時也相信這個藥物的效果應該不錯。

說白了，他就是找個不錯的藥物填補一下康達目前的業務空白，雖然在搞研究方面，康達在石清的帶領下進展飛速，但畢竟還沒出最終結果。

國內的紅星與康達在李傑離開以後也算是一直順利，遠在英達利的李傑在想到康達的同時，也想到了石清。

此時的石清也在思念著遠方的李傑，雖然工作的忙碌可以讓人忘記一切，但有一些事一旦停下來就會忍不住去想，她忍不住地念了幾次李傑的名字。

李傑重重地打了一個噴嚏，揉了揉鼻子，心中不禁犯嘀咕，不知道遠方的親人是誰在想念他。

不過還好，這裏的事情快要處理完了，等這裏的事情結束以後，自己的病也會好到八九不離十，那樣就可以回國，將自己在國內的事業全力地完成了。

現在李傑想要解決的第一個問題就是，要全力把那種藥的亞洲代理權拿到手，這樣就可以讓康達和益生獲得一個在亞洲製藥業的地位。

其他人不知道，可是李傑他自己心裏卻是清楚得很，就是這個重金屬瘋子團隊所研製出來的這種藥，會引起多麼大的反響！

想到這裏，李傑的腦海裏全是一張張的美元，然後這些美元變成了豪華的醫院。接著想下去的事情使李傑的臉上忍不住流露出強烈的笑意。

「想些什麼，看把你給樂得！」安德魯看著李傑那一副得意洋洋的樣子，用自己肥碩的手掌在李傑的面前晃了幾下。

「美元！」李傑看著安德魯充滿詢問的眼神回答道。他摸著自己的下巴，臉上那得意的表情又顯得更加的得意了。

「有多少？」安德魯繼續問。對於安德魯現在的經濟狀況來說，美元和美食一樣，有著極其強大的吸引力。安德魯已經把自己的全部身家，全部投到足球裏面去了。

沒有了美元，對於安德魯來說不算什麼大事，他有的是方法賺到足夠多的錢。不過，安德魯煩惱的是，賺錢要花費自己足夠多的時間和耐心。

「很多，很多，可以讓你吃到很多很多的美食！」李傑看著安德魯眼睛裏發出的強烈光芒，開始給安德魯下套。

李傑心裏嘀咕：「就知道美食對你的吸引要比美元大得多。這一回看你還不上套！」李傑知道這個重金屬瘋子團隊和安德魯的關係不一般，要想取得亞洲代理權，還要讓安德魯搭個橋。

果然，李傑一說到有很多很多的美食，安德魯的食指就不自覺地動了幾下，還條件反射一般地舔了一下舌頭，咂吧了幾下嘴。

「你想想……」李傑看著安德魯饞嘴的樣子，做出一副笑瞇瞇的樣子，開始給安德魯猛灌迷魂湯。其實也不能算是迷魂湯，也就是陳述一個將要發生的事實罷了。

當然，在李傑向安德魯「陳述」事實的時候，有那麼一點點的藝術加工，還有一部分適當的誇張。此時的李傑，就像是一個街頭賣大力丸的，他將那種小藥能產生的結果吹得天花亂墜，連他自己都有點迷糊了。

在李傑的一通藝術加工之下，安德魯感覺自己的頭頂上，一圈圈地盤旋的全是不斷閃爍的星星，然後這一圈圈的星星，漸漸地變成了一盤盤的美食。

「你……」安德魯對於美食一向是沒有任何抵抗力的，他心裏琢磨著，李傑這個傢伙說得這麼好，看來是有必要做上這麼一次。

按照李傑給自己講的，那就是投資不用自己出一分錢，就是磨磨嘴皮子，費上那麼一點口舌之力，就可以讓自己在亞洲地區想吃什麼就吃什麼。

要知道亞洲可是全球美食的集散地啊，日本的料理，韓國的泡菜，尤其是中國那各種各樣的小吃，簡直就是吃上幾輩子都吃不完的花樣。

就算這一次做砸了，反正自己也不會少什麼，自己也就是起個搭橋牽線的作用，就可以獲得額外的一頓甚至是好幾頓。

「心動了吧，你就接著心動，你要是心動得厲害了，你就趕快行動吧！」李傑看著不斷咂著嘴的安德魯，接著摸著自己的下巴，笑瞇瞇地繼續看著。

「北京烤鴨，還有那揚州的小籠包子，還有……」李傑繼續給安德魯在一旁煽風點火。

他心想：今天要不把你給治住，那我就天天在你耳朵旁邊沒完沒了地念叨著，饞不死你，也要煩死你！

在一旁的安德魯，用力地揉搓著自己的右手食指，牙齒還咬得「咯吱吱」亂響，對於李傑這種不務正業的醫生，他心裏可是一點都看不慣。

可是，按照剛才李傑所說的，這個重金屬瘋子團隊所開發出來的藥品，可以經過李傑的手來挽救更多的生命，他心裏也就有了那麼一點點的好感。

亞洲的藥品市場一直以來都是被西方製藥公司遺忘的角落。如果自己這一次可以和李傑一起進入亞洲藥品市場，那就像是李傑所說的那樣，自己這個介紹人是少不了好處的。

李傑還是那樣看著安德魯，沒有說話，依舊一副笑瞇瞇的樣子。在第三人看來，李傑此時的樣子就像是隻不懷好意的狐狸，正一臉淫笑地看著一頭馬上就要鑽進自己圈套的肥羊。

不過，在安德魯這頭「肥羊」的眼裏，李傑那一副淫笑的樣子，就像是一個擺滿了美食的餐桌，正在向自己招手。

安德魯看著李傑，猶猶豫豫了半天，努力地從牙縫裏蹦出了幾個字。

李傑似乎沒有聽清安德魯的話，手掌伸在自己的耳朵旁邊，做出了一副費勁聽的樣子，還說了一句：「你的聲音太小了，我沒有聽清楚！」

安德魯看著李傑得意的樣子，只得趴在李傑的耳朵旁邊，用力地吼了一句：「就按照你的意思，我不投資，給你牽線搭橋！」

安德魯本來就是個大嗓門兒，再經過這麼用力的一喊，差點沒有把李傑的鼓膜給震破了。李傑用手費力地掏著自己快要被安德魯震破的耳朵。

現在，藥物的亞洲代理權就算是搞定了。雖然沒有經過什麼正式的文件，但只要是安德魯點頭答應的事情，就沒有辦不到的。

現在安德魯已經是答應了，那麼和這個重金屬瘋子團隊的談判和要價，就交給安德魯去辦好了，再說，安德魯和那些瘋子很熟。人熟，談起來也就不用遮遮掩掩。

既然是空手套白狼，那麼，沒有幾下子的話，就根本玩不了這「妙手空空」。

安德魯的固執自有他固執的道理。既然你是固執得有道理，我就要想辦法繞開你的固執，從其他方面來瓦解你的固執。這是李傑的一貫做法，只不過這一次是用在了安德魯的身上，看來效果還是不錯。

借著這個重金屬瘋子團隊所開發出來的新藥，現在康達的空白也填補了，那麼以後的事情就好辦多了。

如果這樣，紅星醫院用不了多久就會有強大的資金作爲後盾，以後的發展也不是什麼很大的問題了。別說你安德魯來我這裏吃幾頓，就是你安德魯天天來這裏吃，光給你的小吃，就夠你吃上三年五載的了！

「安德魯，還有一件事情！」李傑看著安德魯，想起了那個正躺在床上修養的R·隆多，非常認真地問了一句。

安德魯有點疑惑，剛才都沒有見過李傑這麼認真的表情，現在是怎麼了？爲什麼李傑的表情忽然變得這麼嚴肅和認真？

「那個R．隆多的事情……」李傑剛開了一個頭，就被安德魯給打斷了。看著安德魯不斷晃動的手指，李傑做好了讓安德魯解釋的準備。

「這要看他自己的意思了！」安德魯一聽是R．隆多的事，便迅速打斷了李傑的提問。

李傑聽到安德魯這麼說，也就沒有什麼話說了。自己只是一個醫生，到目前這個情況爲止，自己只是可以治癒R．隆多生理上的傷病。

至於他是打算在休息之後重回俱樂部，還是去比利時踢快樂足球，那就是他自己的想法了，作爲主治醫師兼朋友來說，自己只能是給他一個建議，而不能更改他的想法。

不過就目前R．隆多的恢復情況來看，手術還是挺不錯的，接下來，李傑要給他做一個可以讓他在短時間內迅速恢復到以前狀況的康復計畫。

到那個時候，R．隆多留在足球隊就不是什麼問題了。

公眾都是比較健忘的，如果當一個公眾焦點人物有一些正面消息來取代以前的那些負面新聞的話，相信用不了多長時間，那些負面新聞就會消失在公眾的腦海裏的。

R．隆多重披以前的戰袍，機會還是有的。

第四劑

愛滋病房裏的天使

在艾蜜麗剛進病房的時候，那些躺在病床上的病人，
眼睛裏全是毫無生氣的死灰色，似乎一直在等待著死神的降臨。
可是現在，那些病人眼睛裏，似乎已經見不到那麼一種絕望的眼神了，
取而代之的是一種對生活的眷戀。
「謝謝！」一個剛才被艾蜜麗擁抱過的病人，
用自己幾乎沒有力氣的胳膊，將上半身撐了起來，
努力吐出了這樣的一個單詞。

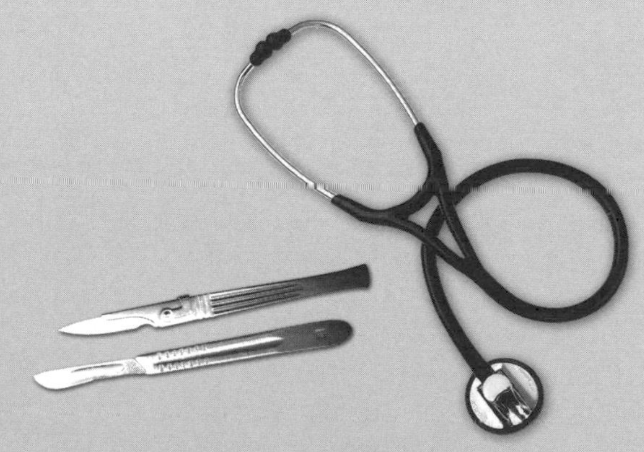

在醫院頂層，透過光亮透明的玻璃，李傑和安德魯都有點不太相信各自的眼睛。R・隆多躺在病床上，正在努力按照李傑的康復計畫練習，這個訓練要等到幾天以後才能正式開始。

「李傑醫生！」R・隆多也看到了李傑和安德魯，有些尷尬地撓了撓自己的後腦勺。對於站在玻璃門外的這個自己的主治醫生，他還是有一點敬畏。

看著R・隆多的樣子，李傑推開門，站在病床旁邊，什麼都沒有說。而安德魯氣呼呼地走進來，一屁股就坐在了靠窗的一把椅子上。

「你還想不想踢球了？」安德魯用自己粗壯的指頭，指著R・隆多的鼻子就是一句。

儘管這個R・隆多的脾氣也是火爆異常，可是在他的眼睛裏，自己眼前的這兩個醫生都是自己職業生涯的挽救者，一時之間，也是沒有什麼話說。

「我想先減肥……」R・隆多看著站在床前的李傑，又看了看比自己還要肸的安德魯，等了好長一段時間，才抓了一把自己肚皮上的肥肉，嘴裏喃喃地嘟噥了一聲。

看著R・隆多佈滿細小汗珠的臉，李傑拉過一把椅子，坐到了床邊。

有很多患者爲了自己所熱愛的職業而提前加強訓練，殊不知，這種提前或者加量的訓練，不但沒有什麼用處，還會因爲這樣造成不可彌補的過錯。

「那就等你的寶貝膝蓋好了再減！」還沒有等李傑發表任何的意見，安德魯一邊說，一邊騰地一下子就從椅子上站了起來，接著又一屁股挪到了R．隆多的病床上。

聽著病床發出「咯吱」的一聲「叫嚷」，R．隆多用手抹了一把頭上的汗，心裏「咯噔」了一下，現在自己是一個躺在床上沒有半點還手之力的病患。要是這個坐在床上的醫生，給自己來上那麼一下子，那自己就算是躲得了一次，也躲不過兩次，那非得疼上一段時間不可。

「李傑醫生……」R．隆多此時像一個偷吃糖果被抓住的孩子一樣，嘴裏嘟嘟噥噥說了幾個字，就沒有再說什麼了。

「這個胖子說些什麼？」安德魯頗有些不耐煩地揮了揮自己蒲扇一樣的手掌，張嘴就是一句。

「胖子？」R．隆多腦海裏全是這個字眼，什麼西班牙、葡萄牙、英達利語全部組成了這個單詞，一時間還難以接受。

李傑看著R．隆多，又看了看安德魯，嘴角撇了撇，心裏暗自嘀咕：「說一個足球名將是一個胖子，也不看看自己是什麼身材，人家R．隆多是一個病人，沒有辦法才變成這個樣子的。再看看你安德魯，純粹就是一個饕餮之徒，就是因爲吃多了才養成了你那樣子，如果

R．隆多是一個胖子，那你安德魯就是一個超級胖子。」

安德魯卻好像沒有看到李傑的眼神一樣，費力地挪了一下自己肥碩的屁股，R．隆多的病床又是一聲痛苦的叫嚷。

「要知道，身體可是你事業的本錢！」安德魯眼裏全是一副關心病人的醫生的表情。

「揠苗助長，你知道麼？」安德魯將自己不知從什麼地方看到的成語立馬搬了出來。

聽著安德魯的話，R．隆多的眼裏全是問號，這也難怪，就是安德魯自己也不能理解這個詞的準確意思。

「就知道你不知道，李傑，你給他解釋！」安德魯故作深奧地歎了一口氣，然後站起身來，挪到了椅子上，把解釋「揠苗助長」的任務，就這麼像是踢皮球一樣的留給了李傑。

看著安德魯那副得意的樣子，李傑有一種想把他拉過來狂揍一頓的衝動，不過他還是很快打消了這個念頭，光是安德魯那一身肥肉，提過來就要費上一番力氣了，更別說是再狂揍一頓。

「這個，還有一種說法，就是胖子不是一天吃出來的！」說這句話的時候，李傑故意往一邊讓了一下，好讓R．隆多看到坐在椅子上不斷喘氣的安德魯。

R．隆多這樣的一身肉，也不是三天五天形成的。

接著李傑又向R．隆多說明了一下他的康復計畫以及還需要等上一段時間等等，說完後，李傑還拿出了一份準備好的康復計畫表。

李傑知道康復訓練是枯燥而又艱苦的，有很多患者都是受不了訓練過程中的痛苦和乏味，而逐漸減少訓練的。

R．隆多遲疑了一下。對於這份計畫表，李傑也是綜合了他的體能和恢復情況，進行了詳細的規劃。

看完手裏的康復訓練計畫，R．隆多將這張表端端正正地貼在了自己的床頭。看著R．隆多認真的樣子，李傑感到自己的這一份康復訓練計畫真是沒有白做。

安德魯倒是大馬金刀地坐在椅子上，向著躺在床上的R．隆多揮舞了一下自己肉錘一般的拳頭，有幾分像是威脅，意思是，如果你不按計劃表上的來，就給你幾拳，不過更多的應該是一種鼓勵。等著你R．隆多的好球，讓球迷好好見識一下，你不是這麼輕易放棄的人。

R．隆多在空中揮舞了幾下手，接著又做出了一個「你等著」的手勢。

看著R．隆多的樣子，李傑也算是放下了心來，就按照目前的情況來看，這個R．隆多是不會再做出什麼出格的事情來了。

在接下來的時間裏，R．隆多很快就可在英達利重披戰袍，或者去比利時踢快樂足球，這就要看他自己的意思了。

「隆多，今後你打算怎麼辦？」李傑看著R．隆多自信的樣子，還是問了一個最爲現實的問題。

「等傷好了以後再做決定，畢竟康復訓練還是需要一段時間的麼！」R．隆多回答道。想著自己在這一段時間裏的樣子，R．隆多有點難以決定，在英達利本土俱樂部踢球似乎很難辦到，畢竟自己留給英達利足壇的負面新聞也是不少。

去比利時踢球也是一個不錯的選擇，那裏還是有不少自己最爲忠實的球迷，當初他們那種狂熱的樣子，至今回想起來，也會讓自己有一種重回綠茵場的衝動。

不過，自己在英達利種種的負面報導，也會多多少少流傳到那裏去，也會讓那些自己忠實的球迷感到一點失望吧！那就把這次手術當做是一個機會，一個可以讓自己重新來過的機會。

既然是一個重新來過的機會，就徹底重新來，歐洲已經是一個不可能再次來過的地方了，美國是自己的家鄉，那就選擇一個更加廣闊的天地吧！

「李傑醫生，你覺得美國怎麼樣？」R．隆多向李傑認真地問了一句。既然有這個想法了，對自己的主治醫生也就沒有什麼好隱瞞的。

美國？李傑只聽說過美國的橄欖球很厲害，該不是這個傢伙要改踢橄欖球了吧，那自己的那一份康復計畫，還要好好地修改一下了。

在不知不覺中，R・隆多已經把李傑當做自己無話不談的朋友了，李傑也是第一次聽到R・隆多對自己如此坦誠地詢問。

「美國？美國好啊！我幫你把康復訓練修改一下，你絕對是一個了不起的四分衛！」一聽到R・隆多要去美國，安德魯立馬就像是被人用針扎了一下，一個猛子從椅子上跳了起來，撲到R・隆多的床邊，順勢就要把貼在床頭的訓練表取下來。

「我想去踢足球！」R・隆多看著安德魯撲過來取訓練表的樣子，用手緊緊地護著，急忙地解釋著，生怕自己慢半拍。

踢足球？去美國？安德魯覺得這個R・隆多是不是腦子有點問題，那裏可都是玩橄欖球的，足球水準也不是很高，他去那裏，是不是有點太離譜了。

「聽說邁阿密海灘的美女挺多！」李傑回想起R・隆多給自己說過的一句話，靠在安德魯的耳朵旁邊，嘀咕了一句。

當然，儘管李傑說這句話的聲音壓得很低，還是被R・隆多聽到了。

「也是有那麼一點點的原因，重新開始麼，就要找一個新的地方！」R・隆多回答。

李傑和安德魯聽完R．隆多的解釋以後，不約而同地流露出一副「我們很理解」的表情來。R．隆多喜歡泡妞，他們也是有所耳聞，不過這個傢伙能把理由說得這麼完美，也算是一個創舉吧！

其實李傑很想問一句，既然是重新開始，爲什麼不選擇亞洲？不過他還是沒有問，怕問出來以後，讓R．隆多一時沒有辦法回答。

「那你自己可要想好了！」安德魯的臉上開始掛上了一副笑瞇瞇的表情，在他看來，R．隆多去美國也是一個不錯的選擇，至少那裏還是有美女和沙灘的！

機場上空飄揚著紅白藍三色法國國旗，安德魯激動不已，不過更加激動的是他的身體。理由很簡單，看著一個個身材高挑金髮碧眼的法國美女，膀大腰圓的安德魯，一個接著一個進行著他最爲喜歡的見面禮——擁抱。

看著安德魯熱情的樣子，站在一旁儼然一個跟班的李傑，有點擔心起來。不過他擔心的不是安德魯，按照安德魯自己的說法，就是有百十來個美女和自己擁抱也不會有什麼問題。

李傑擔心的是那些被安德魯正在擁抱，或者即將被擁抱的法國美女，也不知道這些身材苗條的女性能不能經得住安德魯的擁抱。

和上次一樣，李傑非常幸運地成爲勞工兼苦力，不過好在這一次，法國朋友似乎早就知道他們這些人的行李不輕，早早地便有幾個專職的搬運工將安德魯的大包小包十分利索地搬到了車上。

「你的那個四分衛恢復得還不錯！我也跟著你沾光！」這是坐到法國方面專門爲李傑一行人準備的車裏，安德魯的第一句話。

安德魯口中的四分衛就是R．隆多。自從他決定去美國以後，安德魯一直就是這樣稱呼他的。

R．隆多見到安德魯的時候，總是向安德魯揮舞著拳頭。安德魯也同樣地向他揮舞著自己全是肥肉的手掌。

安德魯的意思很明顯，你去了美國就是等於欠了我一千美元，我要等你還！而R．隆多則表示，早晚會還給你！

這次的法國之行，早在幾個月以前就定了下來。但是李傑對自己的恢復還不是很滿意，在英達利待了幾個月，恢復了一段時間以後，才來到了法國。

在英達利的那幾個月，李傑也不是十分清閒，先是和那個重金屬瘋子團隊擬訂了一系列的條款，順理成章地成爲亞太銷售代表。

緊接著，李傑又做了更爲龐雜的研發銷售計畫。在他的研發銷售計畫裏，李傑要將這種藥做成自己在整個亞太地區的拳頭產品。

「以後的事情就是要把重點全部放在醫院上面了啊！」這是李傑順利地拿到亞太代理權以後的第一個想法。

當然，在拿到那個亞太代理權以後，李傑也是「十分願意」被安德魯這個饕餮之徒帶到洛姆最好的餐廳裏，給狠狠地敲詐了一筆。

「我給你搞定了代理權，你小子怎麼說也要適當慰勞慰勞我吧！」安德魯當時是這樣說的。李傑也沒有什麼反駁的理由，只得看著安德魯坐在那裏，點了幾樣價格不菲的菜，志得意滿地刀叉飛舞。

安德魯說的也是事實，由於R．隆多的康復十分順利，歐洲各大主流體育媒體都對其康復訓練作了大幅連篇累牘的報導。

一時之間，李傑這個R．隆多的主治醫生也是聲名鵲起，多家媒體還提出要對李傑進行專訪，以宣揚這個神奇的東方小子，不過全部都被安德魯以種種理由給拒之門外了。

看著眼前的酒店，李傑感覺到自己的眼睛實在是不夠用了，高達數十米的立柱，從門口鋪到車前的紅地毯，讓他感到一絲不一樣的氣氛。

就在李傑發愣的過程中，安德魯用肥厚的手掌，從後面用力地推了一下他。李傑就這麼腳步看似有點急匆匆地被安德魯推到了最前面。

李傑有些不解地回頭看了安德魯一眼，不過也就只一眼而已，因爲緊跟著而來的是法國人特有的熱情擁抱間還夾雜著同樣熱情的問候。

李傑被這個熱情的法式擁抱，給差一點憋過氣。再被擁抱的同時，他在心裏將安德魯詛咒了不下十遍。

這個要死不死的安德魯，將法國姑娘擁抱了個夠，這回換男人的時候，反而讓自己衝到前面去，下一回也讓他嘗一嘗法國男人的擁抱。李傑在心裏恨恨地想著。

安德魯看著被擁抱的李傑，有些得意地揚起了嘴角。這個表情讓李傑更加對安德魯有點氣憤了。

安德魯也同樣注意到了李傑的表情，不過似乎安德魯沒有一絲的反應，就這麼安安靜靜地站在一邊，讓李傑繼續接受法國男人的熱情。

「下一站做什麼？」李傑費力地擺脫了法國人的熱情以後，把自己扔在酒店寬大的法式沙發上，盯著正在大嚼大餐的安德魯，沒好氣地問了一句。

「嗯嗯，法國菜還真是不錯！」安德魯完全沒有把李傑這一句話聽到耳朵裏面去，只是一個勁地和面前滿滿一桌子法國菜做著鬥爭。

安德魯秉承了自己的一貫傳統，剛到這家酒店便迫不及待地點了一桌子法國大餐，什麼鵝肝醬、蝸牛等擺了滿滿一桌子。更加誇張的是，在餐桌旁邊，還有一輛閃閃發亮的手推車，上面是豐盛的龍蝦大餐。

看著安德魯有些逍遙的表情，李傑又看看豐盛的法國大餐，嘴角動了動。現在李傑有一種想法，就是要把這個嘴裏嚼著、手裏拿著、眼睛瞄著大餐的胖子給結結實實地揍上一頓。

不過，李傑看著安德魯大嚼特嚼的樣子，想法立即就變成了一種從沙發上一個猛子跳起來，衝到餐桌前，將盛裝美味的盤盤盞盞統統扔到窗戶外面去的衝動。

「有人會安排的！你別動。」

對於李傑的這種衝動，安德魯的反應倒是不慢，把眼前的法國美食用兩隻胳膊護著，並且對著李傑快速地說道。

看著安德魯護著法國菜的樣子，李傑頓時覺得一個頭變成了兩個大。安德魯每到一個地方，首先要解決的就是自己的吃飯問題。

對於安德魯這種大腦和腸胃融合在一起的傢伙，李傑也是沒有多少辦法，既然是「有人安排」，李傑倒也算放下心來了。

「嘗嘗這個！」安德魯看到李傑安心的樣子，指著一盤蝸牛，將口中的食物有些費力地吞咽下去以後，向李傑示意。

「總有一天要肥死你！」李傑看著安德魯肥碩的身材，心裏暗暗想著。不過也就只能在心裏暗暗地想一下。

要是李傑把這句話說出來，安德魯馬上就會對他展開又一番的說教，儘管安德魯說的都是一些亂七八糟的理由。

爲了避免安德魯對自己耳朵的轟炸，李傑還是非常明智地選擇了離開。

「你別走啊！我跟你說，這個法國菜……」

聽著被自己關在屋裏的聲音，李傑靠在門口的牆上，用力地揉了揉有些發脹的額頭。也不知道這個安德魯是不是餓死鬼轉世，來到法國以後，仗著有人接待，這個胖子沒有一點著急的樣子，依舊在酒店裏點了一桌子菜，開始了他的例行「工作」。

當李傑在外面散心回來以後，偌大的房間裏，已經找不到安德魯這個胖子的人影了。李傑嘀咕著走到了自己的套間裏，打算舒服地睡上一覺。

一個異常精美的便籤，穩穩當當地躺在李傑房間裏的桌上，他將這個便籤拿在手裏，反反覆覆地看了幾遍。上面除了寫著一行數字以外，就沒有其他什麼了。

「總會有人解決的！」李傑的腦海裏出現的就是安德魯的這一句話，既然自己這一次法國之行是由安德魯替自己安排的，也就沒必要爲一張自己也看不懂的便籤費什麼神了。

抱著這樣的想法，李傑開始休息。至於安德魯現在人在什麼地方，他沒有多想。畢竟安德魯那個胖子也是一個大活人，況且又是在歐洲美食中心法國，頂多就是跑到哪家酒店裏，繼續著他自己的胡吃海喝。

對於走在自己前面的安德魯，李傑真是有氣都沒有地方去撒，只得就這麼一搖三晃、瞇著自己的眼睛跟在那個胖子安德魯的後面。

「李傑，你快一點！」走在前面的安德魯，回頭抹了一把汗，向跟在自己身後的李傑一個勁地催促著。

李傑看著安德魯走在前面，努力地擠出一副微笑的表情，努力地跟上了腳步。昨天晚上留在房間裏的那張寫有一行數字的便籤，就是安德魯的傑作。

今天一大早，躺在舒適寬敞的大床上還在舒舒服服地做著美夢的李傑，就被享受了一頓豐盛早餐的安德魯，從床上給拖了出來。

李傑此時跟在安德魯的身後，腦海裏全是安德魯早上拿著便籤大叫的樣子：「李傑，時間到了，今天的任務就要開始了！」

也難怪李傑一臉的不樂意，這麼早就被挖起床，沒有人會十分樂意的，更何況酒店的大床是那樣的舒服。

看著于若然和安德魯在前面走得歡心鼓舞的樣子，李傑是一頭霧水，真是搞不懂，那個安德魯是怎麼把自己那一身肥肉，給運動得如此神速。

至於那個于若然，就更是不用提了，一路上蹦蹦跳跳，拉著安德魯問長問短，一點累的感覺也沒有。

李傑此時倒是有點羨慕被留在酒店的夏宇了，自己也是有點自作孽，沒事去看看法國的風土人情多好。

走了一路，李傑漸漸地擺脫了迷迷糊糊的狀態，看著周圍不一般的景色，他真是有點意猶未盡的感覺了。

這一回，換作安德魯開始跟在李傑的後面了，他用手扶著自己的膝蓋，抹了一把頭上不斷湧現的汗珠，一邊喘著氣，一邊斷斷續續的讓李傑停下來等他。

于若然也不像剛才那樣了，只見她一張小臉累得通紅，用手扶著自己的腰，胸脯也是一上一下起伏著。

看著于若然費勁的樣子，李傑走到她的身邊，想說一句「那就先休息一下吧！」不過，還沒有等李傑開口，安德魯便一把抓住李傑的胳膊，用力地搖晃著。

「你厲害，背我一程吧！」安德魯是語不驚人死不休，這句話剛一說出口，李傑看了一眼安德魯渾身上下的肥肉，頓時就打了一個寒戰。

「到了，到了！」安德魯扶著李傑，站在一個樣式古老的大門前，又從褲兜裏拿出兩張胸卡，遞給了李傑。

李傑看著眼前這座古樸的建築物，腦子裏一時又恢復到了剛起床的狀態，顯然又有點迷糊了。他不知道安德魯帶自己和于若然來這個類似教堂的地方，到底是怎麼回事，難道是來這裏聽唱詩班的聖歌不成？

當安德魯說出此次前來的目的以後，李傑腦海裏都是「參觀」這個詞，一座教堂又有什麼好參觀的，就是要參觀教堂，酒店附近就有一個，幹嘛非要大老遠地跑到這裏來，難道是這裏有特別一點的名勝或者古蹟不成？

李傑上下打量了一下安德魯，將自己的想法給推翻了，有可能是這個安德魯發現了這裏的菜色不錯，他自己身上又沒有多少錢，打算讓我給他當一個冤大頭，好解決一下他的饞嘴問題。想到這裏，李傑不由得伸手捂了一下自己的錢包，爲即將陣亡的金錢，先提前默哀了一下。

安德魯看著李傑的樣子，有點揶揄地乾笑了一聲，難得一見地主動給李傑說明，這一次來不是吃大餐的。

在安德魯的指點下，李傑和于若然才注意到，在大門旁邊，一個不是很引人矚目的地方，豎立著一個小小的指示牌。

李傑將牌子上的法文費勁地讀出來以後，便明白了，這座看似教堂的建築物，其實是一家療養病院。它的作用主要是爲那些愛滋病晚期的患者，提供最後的一點臨終關愛。

以前，李傑也是通過各種各樣的管道了解過愛滋病。不過，對於愛滋病的治療方法，他也只是知道皮毛，要是讓李傑親自治療號稱人類第一殺手的這種病，他也是束手無策的。

在這家療養病院，有很多患者已到了愛滋病的晚期。任何治療的方法，都起不了哪怕是一點點的作用了。

這家病院爲那些已經到了愛滋病晚期的患者，提供一個最後的安身之地。在外界，他們是一群被人誤解和排斥的病人，由於天生對死亡的恐懼，幾乎所有的人都會離開他們遠去，包括最好的朋友，甚至還有家人。

以前李傑對於愛滋病的瞭解，也只是限於零星的文獻記載。這一次自己親眼看到愛滋病人的樣子，內心還是非常不忍。

在參觀完一個病房以後，李傑異常頹廢地靠在牆上，醫院那空曠幽靜的走廊裏，只有不斷走動的護士的輕微腳步聲。

安德魯也和李傑一樣，肥胖的身軀坐在椅子上，連自己腦門上的汗都不去擦一下，就這麼安安靜靜地坐著，有些微微地喘著氣。

就在剛才，李傑和安德魯見到了一個愛滋病晚期的病人，按照陪同醫生的說法，那個病人的時間，最多也只有一個星期了。

他鬆散的皮膚，就像是一件寬大的衣服一樣，就那麼掛在骨骼上。兩隻眼睛也是一種和臉色一樣的死灰色，全身上下沒有任何生命的氣息。

「醫生，我還可以活多久？」這是那個病人唯一一句可以順順當當說出來的話，病人的免疫力已經崩潰了，就是一個普普通通的感冒，都隨時可以要了他的命。

是啊！可以活多久？這是每一個身患絕症的患者都要不止一遍向醫生詢問的問題。不過這個問題對於治療愛滋病的醫生來說，是一個最難回答的問題。

就在李傑和安德魯一行人在感歎的時候，他們發現，有很多醫護人員急匆匆地向醫院的大門跑去。隱隱約約地，他還聽到一些「皇室來人了」之類的話。

皇室？當李傑聽到這一個詞的時候，第一個反應就想到了那些「清宮戲」，戲裏的人物一個個拖著長長的辮子，在紫禁城裏走來走去，矯揉造作。

他很快地反應了過來，這裏是法國，不是中國，不過緊接著冒出的想法就是，那些法國的皇室成員，男的是不是都和路易十三一樣，頭頂上都戴著一頂假髮，女的都穿著寬大的拖地長裙，手裏拿著一把陽傘，戴著手套。

安德魯眼皮都沒有抬一下，只是向李傑使了一個眼色，便轉過了拐角。對於安德魯這個傢伙來說，那些歐洲的皇室家族，他是見得多了，和普通人沒有什麼兩樣，有一點區別的就是，那些皇室的家族病史，很值得研究一番。

李傑就這樣的被安德魯七拐八拐地帶著，在這家院裏又繼續轉了幾圈，讓李傑再一次地感覺到，這樣一家療養病院的環境還真是優雅僻靜。

李傑絲毫沒有感覺到一絲喧鬧，這裏只是瀰漫著寂靜，不過這種寂靜也是那樣地讓人從心底感到一絲涼意。

這裏雖然有修剪整齊的草坪，被人照顧有方的樹木，但是，這裏不像其他病院那樣，修剪整齊的草坪旁邊，沒有一個病人。

只是那些身穿白色衣服的醫生和護士，拿著一包包的藥品，步履匆忙地走過。還有就是那些偶爾從窗戶裏探出頭來的病人，他們的眼神裏幾乎都是一樣的死灰色，看上去沒有一絲生活的信念。

不過既然是來這裏參觀的，那就不能浪費這個機會，這種療養病院，在中國還是沒有的。

鑒於這樣的目的，李傑參觀這家療養院的過程，就沒有被那沒有見過面的「皇室」所打擾。

李傑轉過一間又一間的病房，他的心情也越發地沉重起來，似乎這家愛滋病療養病院的醫生和護士，都對自己保護得非常嚴密。

其實愛滋病病毒並沒有人們想像中的那樣可怕，它的結構是地球上最爲原始的。只要一離開人體，這個人類最爲兇殘的殺手，很快就會嗚呼哀哉。愛滋病病毒本身不會致病。

通常導致愛滋病病人死亡的原因，就是由於病毒摧毀了人體的免疫體系，而導致其他致病體乘虛而入，最後使病人死亡的。

打個比方來說，人體就像是一個有著城牆的城池，城牆就是人體的第一道屏障。而在城牆上巡邏的士兵，就是人體的各種免疫細胞。

愛滋病病毒襲擊的就是那些巡邏的士兵，想想看，當守衛一座城市的士兵數量稀少的時候，會有很多強盜進來劫掠一番，最後這個城市便陷落了。

只要醫生和護士在看護愛滋病病人的時候，避免血液或是其他體液的直接接觸，人根本就沒有辦法患上這種病。

李傑幾個人就這麼轉來轉去的時候，不可避免地和那些皇室成員遇上了。依靠著醫生敏銳的觀察力，李傑的嘴角掛起了一絲嘲諷的笑容。他回過頭看著安德魯，後者則是一臉鄙夷地看著「全副武裝」的那些皇室成員。

那些前來參觀的皇族，一個個戴著乳膠手套，只是在每個病房的門口一臉驚恐地向病房裏探視了一下，就再也不敢做出什麼大的動作了。

不過還是有一個年輕的女性，吸引了李傑和安德魯的目光，她始終站在整個隊伍的最前端，當其他皇室成員在病房門口驚恐不定的時候，她總是挨個地走進去，一間病房也沒有漏掉。

她有著白瓷一般的膚色，淡金色的長髮在腦後綰了起來。細長的眉毛下，一雙紫羅蘭色的眸子，透露著無限關愛的目光。歐洲人特有的高聳鼻子下面，是一雙微微緊閉的嘴唇，整個人看起來就像是一個從古希臘雕刻家手裏誕生的雕像一樣。

在一瞬間，李傑也有點遲疑，不知道自己是被那無雙的美貌，還是被那一種無時無刻不流露出來的母性光輝所吸引。

李傑看了一眼一旁的安德魯，這個整天腦子裏除了大餐，就裝不下其他東西的胖子，此時也是一臉仰慕地看著。

此前安德魯臉上那種鄙夷的表情，現在也不知道跑到什麼地方去了，他的表情就是一種癡迷。

「安德魯，走了！」李傑還算是清醒，還沒有忘記自己這一次的主要任務，伸手便將安德魯拉進了一間病房。

對於一直帶領著自己參觀的法國同行，李傑多多少少還是有一些感激。李傑從他的話語裏，也聽出了一些端倪。

那些皇室成員，也不過是來做做樣子，儘管醫生一再地強調，和愛滋病患者進行皮膚接觸是不會感染愛滋病的，可是那些皇族，也只是站在門口看一眼就走。

就在李傑和法國同行交流的時候，那些皇室成員也都一個個聚集到了這間病房的門口，還是和剛才一樣，一個個站在門邊，連走進來的勇氣都沒有。

剛才讓李傑和安德魯同時感到意外的那位年輕的小姐，一個人走了進來，當她看到兩個東方人面孔的時候，很顯然有點意外。

不過，比起李傑和安德魯給這位小姐的意外來說，這位全身上下散發著濃濃母性光輝的貴族小姐，帶給李傑他們的意外要大得多。

「艾蜜麗小姐！」站在門口的一位醫生，看到眼前發生的一幕，簡直就處於一種快要崩潰的狀態了。

「不會傳染的！」這位醫生口中的艾蜜麗小姐，在輪番和幾個愛滋病晚期的患者擁抱了以後，給了門口的醫生一個淡淡的微笑。

「謝謝你，艾蜜麗小姐！」正當艾蜜麗打算走出病房的時候，身後傳來了一句帶著明顯東方口音的話語。

艾蜜麗回過頭來，看著李傑，又看看那些躺在病床上的病人，馬上明白了眼前這個東方人話語中的意思。

在艾蜜麗剛進病房的時候，那些躺在病床上的病人，眼睛裏全是毫無生氣的死灰色，似乎一直在等待著死神的降臨。

可是現在，那些病人眼睛裏，似乎已經見不到那麼一種絕望的眼神了，取而代之的是一種對生活的眷戀。

「謝謝！」一個剛才被艾蜜麗擁抱過的病人，用自已幾乎沒有力氣的胳膊，將上半身撐了起來，努力吐出了這樣的一個單詞。

「父親，我可以和這幾位病人談談麼？」艾蜜麗向一個頭髮有些花白，但是腰杆一直挺得筆直的老人說道。

老人似乎猶豫了一下，不過最終還是點頭同意了。

艾蜜麗站在床邊，彎下腰，挨個和幾個病人聊了起來。李傑、安德魯、于若然還有那個法國同行也就這麼靜靜地站著，誰也沒有說話。

看著艾蜜麗那充滿關愛的目光，李傑覺得一時間有點恍惚，在他眼裏，艾蜜麗此時的表情，就像是一個慈祥的母親一樣。

不過，李傑也注意到，艾蜜麗在看著愛滋病患者的時候，眼神裏還是有那麼一絲異樣的神情，似乎有一些不捨。

在等待了大約三十分鐘以後，艾蜜麗走到李傑的跟前，淡淡地說了聲謝謝，便轉身離去了。

看著艾蜜麗轉身離去的背影，李傑還是有些不捨地咂了一下嘴角。安德魯走過來拍了一下李傑的肩膀，不知道是在安慰李傑，還是在感歎那個猶如天使一般的艾蜜麗小姐。

對於剛剛離去的艾蜜麗小姐，李傑還是有好感。在艾蜜麗小姐的引導下，也還是有比較大膽的貴族和幾個愛滋病人握了握手，還勸慰他們好好地努力活下去。

在艾蜜麗小姐的跟前，李傑就感覺自己像是一個大大咧咧的傻小子，艾蜜麗的高雅，自己也認爲是一輩子學不到的。

李傑回想起自己看見過的一句話：「培養一個貴族，需要積澱三代的榮耀，五代的財富以及數代流傳下來的血統！」

讓李傑同樣感到驚奇的，是艾蜜麗那一種天生高雅的姿態，在她舉手投足間，都有一種華貴的意味。

不過和其他貴族相比，艾蜜麗更多的是一種母性的光輝，這是其他幾個貴族所最爲缺乏的，她的眼神裏充滿了關愛和憐憫。

而其他幾個貴族眼裏絲毫沒有關愛，他們的眼睛裏，只有逃避和毫不掩飾的恐懼。

李傑也注意到了，當那些貴族離開以後，和愛滋病人握手的那幾個皇室成員，還是快速地丟掉了自己的手套。

當然，一向對貴族沒有任何好感的安德魯，非常明顯從鼻子裏哼了一聲，也就再也沒有發表過什麼看法。

既然來到了這家療養病院，那也不能讓這一次參觀和遊玩的機會就這樣白白錯過，很快地，李傑幾個人便將那些貴族帶來的不快一掃而空了。

參觀了一個上午，安德魯充分地表現了自己臨時導遊的身分，將李傑幾個領在醫院裏，轉了好幾個圈兒。

中午，李傑看著吃得非常開心的安德魯，心裏一個勁地泛著嘀咕，眼前的這個傢伙是不是患上了美食強迫症。

從來法國的這一段時間，安德魯總是放不下對美食的熱愛，這一次也沒有例外，午飯極其華麗，讓李傑看起來都有點覺得奢侈。

對於安德魯這種對美食的無限追求，李傑也沒有任何辦法，也勸說過安德魯好幾次，不過安德魯每次都會用各種歪七扭八的理由，來對李傑的建議予以更加堅決的反對。他最爲常用的理由就是：「你看我這麼胖，我不吃飽了怎麼減肥啊！」

還減肥？其他人減肥是越來越苗條，可是這個安德魯倒好，還真是「減肥」，那就是越減越肥。

李傑看著安德魯抹了抹嘴，將第一場「戰役」十分順利地解決完了以後，打算和他商量一下下午的安排，沒有料到，反而是安德魯搶先開了口。

對於李傑的安排，安德魯早就做好了準備。爲了擺脫臨時導遊這個費力的職位，安德魯安排得非常簡單，那就是自便。

自便！虧你安德魯還說得出口，你是把我們帶到這個地方，現在又不想幹了，就乾脆將我們幾個丟下。在這個地方，我們是人生地不熟的，就是給上一張地圖，也不見得可以回到酒店去。李傑用眼睛在安德魯身上瞄了幾眼，思量著，哪裏才是安德魯比較疼的部位。

「不是，不是！」安德魯搖晃著自己的手指頭，向李傑認真地解釋著。

這個自便是指在醫院附近可以自由，不過要在一定的時間內在醫院門口集合。然後再由安德魯這個臨時導遊帶隊，回到酒店。

對於安德魯這種一點覺悟都沒有的臨時導遊，李傑也是見怪不怪了。這一次醫院之行，還要多謝在歐洲人脈頗廣的安德魯。

自便就自便吧！反正也就是在醫院附近隨便轉轉，也丟不到哪裏去，就是丟了，走回來也不是什麼大問題。

第五劑

服務和被服務的關係

這家醫院有法國人所特有的熱情，一切看起來都是那樣地充滿了活力和奔放。
而國內的個別家醫院缺少的是一種對於病人的尊重和理解。
在國內，個別醫生都會用一種命令的口氣，讓病人去做各種各樣的檢查，
彷彿醫生是一個高高在上的實權者一樣。
然而在這裏，醫生和病人是一種服務和被服務的關係，
患者到醫院來，是尋求一種服務的，
而不是來向醫生索要什麼的。

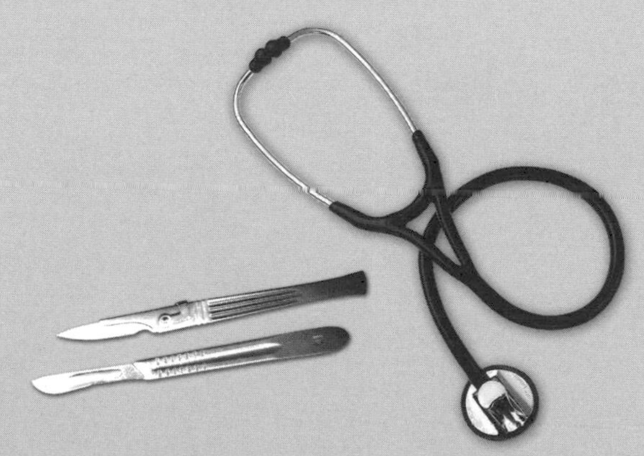

站在這家散發著十足古樸氣息的醫院裏，李傑感覺自己彷彿走進了時光隧道一樣。這家醫院原本就是由一所教堂改建而來的，到處都充滿了一種宗教的色彩。

午後有些慵懶的陽光，斜斜地穿過那些幾個世紀以前的石柱，在幽靜的走廊裏，被彩色的玻璃，凌亂地分割開來，似乎將這裏的一切都渲染上了一層法國浪漫的氣息。

此時的于若然，早已沒有了早上那一副活潑的樣子，一句話也不說，就這麼靜靜地跟在李傑的身後，保持一步的距離。

對於于若然此時的表現，一向大咧咧的李傑，只是把這當成遊玩勞累以後的正常現象，絲毫沒有在意。

長長的走廊裏，只有李傑和于若然踢踢踏踏的腳步聲，再沒有其他的聲音了，似乎這裏就是一個很普通的法國教堂，不再是一個充滿死亡的醫院了。

讓李傑感到奇怪的是，這裏護士的數目要遠遠多出一般醫院，似乎就是爲了那些晚期愛滋病人而特意準備的。

這裏也有男護士，而且數量還不少，這裏的每一個人，似乎都在不停地忙碌，所有人的工作任務都不盡相同，守則上要求醫生的工作，是沒有其他人來代替的。

在每個醫生交接班的時候，上一個班的醫生會將自己病人的病歷，交給專門負責的護士，然後再由護士交給下一個班的醫生。

每一批編號的病歷，都是由固定的護士負責，這樣就可以保證，如果有一本病歷出了什麼差錯，完全可以追查到是哪一個環節上出了問題。

雖然這裏的醫生和護士都很努力地工作，但還是沒有任何機會可以挽救那些愛滋病晚期病人的生命。想到這裏，李傑又是微微歎了一口氣。

于若然跟在李傑的身後，看著他的背影，只覺得有點恍惚，彷彿又回到了在學校的那段快樂的時光，那時雖然和李傑也鬧過一些矛盾，可是那個時候的李傑，臉上永遠都是一副開心的樣子，從來沒有出現過今天這樣的表情。

帶著于若然這個小跟班在醫院踻躂了幾圈以後，李傑感到驚奇的是，雖說這裏是一家愛滋病臨終療養病院，但是這裏的各項體格檢查，都要經過病人的同意。

在李傑看來，這裏的一切，既有些熟悉，又有一些陌生。熟悉的是，這裏有著和國內醫院一樣的氣氛。

每一個醫生和護士都是那樣盡職盡責，每一個來這裏的患者都會受到很完善的照顧。

不過這裏又有法國人所特有的熱情，一切看起來都是那樣地充滿了活力和奔放。和這家醫院相比，國內的個別家醫院缺少的是一種對於病人的尊重和理解。

在國內，個別醫生都會用一種命令的口氣，讓病人去做各種各樣的檢查，彷彿醫生是一個高高在上的實權者一樣。

然而在這裏，醫生和病人是一種服務和被服務的關係，患者到醫院來，是尋求一種服務的，而不是來向醫生索要什麼的。

在這裏，每一個病人都是由醫生單獨診斷的，這樣可以充分保證患者的隱私權。醫生要對每一個患者負責到底，要尊重他們的一切權利。

在李傑看來，這家醫院所能做的也就是讓那些愛滋病人在生命的最後一點時間裏感受一下最後的尊重和快樂吧！

要想把愛滋病這個人類的頭號殺手給徹底消滅的話，李傑認爲自己沒有那麼厲害的本事。

李傑原來只是對愛滋病的治療知道那麼一點可以忽略的皮毛。國內治療愛滋病的藥物，療效不顯著。而國外那些有明顯效果的藥物，都被各自的國家列爲一項機密。

愛滋病毒攜帶者是可以一定程度上相對治癒的，而那些被確認了愛滋病的患者，就是療效最好的藥物也只能將他們的死亡時間儘量地推後。

李傑回想了一下，似乎國內還沒有開始研究治療愛滋病的藥物，很大一部分原因是因爲國內目前的愛滋病患者比較罕見。

如果利用一下這裏的愛滋病人，說不定在國內的康達和那個瘋子團隊的通力合作之下，將藥物研發出來，也不是不可能的事。

「安德魯！」

正坐在大廳裏愜意的眯起眼睛，舒服地享受著法國時光的安德魯，被李傑非常客氣的叫聲打斷了「美夢」。

「你本事大，幫我個忙！」既然是請安德魯給自己幫忙，那就先要給一點甜頭，於是李傑先給安德魯來了一個誇獎。

「幫忙倒是可以……」安德魯看著李傑有點不懷好意的微笑，嘴裏開始含糊起來。給李傑幫忙，那可是要費上那麼一點力氣的。

「海鮮大餐！」李傑看著安德魯有點遲疑的樣子，馬上拿出了對付安德魯的武器。至於海鮮大餐的價格幾何，那都不是李傑此時要考慮的問題。

就算是那一頓海鮮大餐價格不菲，李傑也有辦法。在目前這樣的情況之下，李傑就只有安德魯這個貌似什麼事都可以辦成的傢伙可以依靠了。

看著李傑那焦急的樣子，安德魯的腦子飛速地運轉著，前幾次打算敲李傑的竹杠，都被他以種種理由拒絕了，這一次要是自己再抓不住機會，那就不能怪李傑聰明，而是要怨自己是一個笨蛋了。

想到這裏，安德魯非常努力地在自己的臉上做出了一個難辦的表情，並且還努力地讓自己顯得非常無能爲力。

「兩頓！」李傑看著安德魯的樣子，開始增加自己的籌碼，既然一頓海鮮大餐解決不了你，那就加一頓。

兩頓了！安德魯聽著李傑的話語，心裏簡直就是樂開了花，看來這回真是要賺大了，不就是要進診斷室麼？這個簡單！

雖然安德魯的心裏是這樣想著，不過他並沒有打算就此讓步，依然是愁眉苦臉，彷彿是在做什麼艱苦的鬥爭一樣。

「三頓！」李傑再一次地增加了籌碼，心裏暗暗地想著：「我就不相信，三頓海鮮大餐還攻破不了你的心理防線！海鮮大餐倒也不是什麼難辦的事情，到時候給你燉上一大鍋海魚，也算是一頓海鮮大餐了！」

這回是賺了，從李傑身上撈到好處的滋味可真是舒服啊！李傑啊李傑，你沒有想到會讓我在你身上賺到吧！不過中國有一句古話，叫做「事不過三」，既然是你親口答應下來的三頓海鮮大餐，那我就放你一馬。

對於李傑的想法，安德魯自己也不是沒有想過，不過他還是有點懷疑，愛滋病是一個世界性的難題，如果可以將它攻破，那對於人類來說，將起到一個劃時代的作用。

不過畢竟這件事情也不是安德魯一個人可以決定的，就算他手眼通天，但是畢竟還沒有達到心想事成的地步。整件事情，都要和醫院方面好好地商量。

似乎安德魯到了哪裏都有認識的朋友，關係還不錯，沒多久，安德魯便十分順利地將李傑帶到了一個法國同行的面前。

在聽完了李傑的想法以後，這個法國同行也是面露難色。對於愛滋病的研究，世界各國也是剛剛起步，到目前爲止，還沒有任何一個醫療小組，敢於宣佈找到了一種愛滋病的特效藥。

如果是真的可以找到一種能延長愛滋病患者生命的藥物，那對於世界來說，將是一件功德無量的事情。

這個法國同行心裏也是清楚，愛滋病不是和那些感冒一樣說好就可以治好的疾病，就算是普通的流感，各國同樣也是無能爲力，更別說是比流感還要可怕的愛滋病了。

坐在安德魯旁邊的李傑，對這個法國同行的顧慮也是清楚的，自己一個年紀不大的毛頭小夥子，誰都不會輕易相信的。

安德魯剛才就將李傑告訴他的想法再次認真思考了一下，發現李傑的想法只是一個非常簡陋的框架。雖然支撐這個框架的醫學依據是那樣的充足，但也不過是一個框架而已。要是想把這個框架建成一座建築物的話，還是要費很多的周折，這期間的問題會一個個暴露出來。

建構和豐富這個框架，必將是一個任重而道遠的任務。說不定這個看似結構緊密的框架，會在豐富的過程中轟然倒塌。

有很多事情，不是有一個理想和框架就可以成功的，李傑和安德魯心裏也都是再清楚不過了。

李傑也知道，就是自己現在對於愛滋病的理解，在眼前這個法國同行看起來，也不過是略通皮毛而已。

就在幾個人討論的時候，一個護士腳步有些匆忙地趕了過來，低頭在醫生的耳朵邊耳語了幾句。

李傑看到這個樣子，就知道可能是有病人出事了，鑒於醫生的道德，他便跟在了法國同行的後面，臨走的時候，還不忘將打算閉目養神的安德魯也一起拉上。

坐在椅子上的是一個年齡大約六十歲的老人，微微有些禿頂，精神看起來很是不錯，就是嘴角有點癟。一身合體的衣服，熨燙得非常筆挺。

「我的病是到了晚期麼？」看著一下子走進來三個醫生，這個老人還在短時間之內難以適應。

對於老人的這個顧慮，李傑也是深有體會，目前的這個樣子，的的確確是有那麼一點幾個專家聯合會診的架勢。

「他是我的助理！」這個法國同行指了一下靠在前面的安德魯，有些自豪地說道。自己以前和安德魯打賭輸了，到現在還欠著他的幾頓飯，這一次帶安德魯來，口舌上還是多多少少要占一回這個胖子的便宜。

對於這個醫生的說法，安德魯也是睜大了自己的眼睛，自己什麼時候又變成醫生助理了。你小子倒是挺會佔便宜，我都沒有助理，你現在倒是把我當做你的助理了。

本來是說好了幫個小忙，請這個醫生一條海魚，怎麼這回還要占自己口舌上的便宜，沒有問你要欠的幾頓大餐，就是和你關係很不一般了。

「他，是我的助理！」對於法國同行揶揄的說法，安德魯馬上就把這句話給重複了一遍，說的時候，還把李傑給指了一下。既然你占我的便宜，我也不能饒了這個害我丟了面子的始作俑者。

就在這麼短短的時間裏，安德魯變成了醫生的助理，李傑的地位更慘，由一個前來參觀的醫生，成爲了助理的助理。

醫生助理的助理，難道是法國醫院特有的一個職位麼?李傑從安德魯的口中聽到自己的職位時，還是有點迷茫。

不過當李傑看到安德魯那副得意的笑容時，便立刻明白了，這個安德魯是變著法兒地對自己撒氣。撒就撒吧，誰讓自己有求於這個胖子呢?李傑對於安德魯給自己憑空揑造出來的這個職位，也沒有反駁。

看著眼前的三個人，這個患者的眼睛裏充滿了迷茫，這個醫生助理和助理的助理，自己還是頭一回聽說。不過既然是來看病的，就直接和醫生對話得了。

「您哪裏不舒服?」法國同行拿起病歷，詳細詢問著。

「肚子痛，吐，病害得苦啊……」這個老人口齒不清地嘟噥著，他的神情顯得有些沮喪，眼角掛著淚花，似乎自己對那種疼痛已經快失去耐受力了。

旁邊的看護人員見狀，代替他說出了病症：「這位老人一月前出現間斷性的腹疼腹脹，而且噁心嘔吐，一次比一次厲害，身體狀況嚴重受損，日漸消瘦。這一次，病情再一次加重，正巧遇上諸位醫生來參觀，請你們幫他看看吧！」

那個叫安德魯爲醫生助理的法國同行隨即便問：「做過哪些檢查？吃過什麼藥？」

「開始以爲老年人容易消化不良，開過助消化的藥物來吃，但是狀況毫無改善。在多家醫院反覆進行過診斷治療，每一次都被診斷爲腸梗阻，可是吃了不少藥，都沒有解決問題。」

此時臉上的神經有點抽搐，他感覺迷惑不解，這個症狀的確貌似腸梗阻，只要確診，要治療好這個病，對一般醫院來說也不算難。問題沒解決，那是爲什麼？

見醫生沉吟不語，那人又接著說：「老人家庭條件很好，子女也很關心父親，他們已經請了多家名醫診斷。」

大家不約而同地歎了一口氣，看來小小的腸胃病也不可輕視，居然成了反覆去除不了的難題。

此時，李傑在心裏進行著各種假設推理，可是卻毫無頭緒。

大家此行的主要目的並不是來治病救人的，眼看著洋大夫搖了搖頭，準備走人。李傑腦海裏猛然閃過一個念頭，老人說話口不關風，會不會是誤吞假牙？不然，他這麼有條件的人也該配有假牙才是。

看著老人痛苦的樣子，李傑猶豫片刻，終於打消了顧慮，決心大膽一試。他無賴般地心想，反正剛才安德魯給他戴了頂助理的助理的帽子，說錯了也不打緊。

「老人家，您爲什麼不配副假牙？」

「哦，假牙？」

那個介紹病情的看護人員又說話了：「老人的假牙丟了，新的還沒配好。他對用品要求可高了，他的子女們跑了好多個地方才確定在哪裏做。這家做得好，可是訂單太多，一時還沒取到。」

李傑一聽，心裏明白了七八分，這八成是吞肚裏了：「老人家，您有沒有誤吞了假牙？」

這個像有癡呆病一般的老頭兒瞪大眼睛：「你，你怎麼知道的？」

原來老頭兒以爲問題不大，丟失的假牙也不是多麼貴重的物品，找不到就找不到吧！只要新配副假牙就可以了，也就沒有太過於在意，懶得告訴看護人員實情。

看護人員這才明白，怪不得到處找不著，原來在他肚子裏了。

「做個胃鏡吧！這樣就能確定原因。」一群洋大夫恍然大悟，心裏都在嘀咕自己爲什麼沒想到這個原因。

老年人吞咽假牙的情況是比較多見的，原因是老年人都會有不同程度的功能性退化，對吞咽不太敏感。這些人的咽部對異物反射功能差，人的反應能力也降低。年輕人遇到異物可以馬上吐出來，可老年人這個動作相當遲緩，往往是已經進肚了，他們還沒反應過來。

假牙進肚最大的危害就是，上面起固定作用的鋼絲會損壞到腸或胃壁而致腹痛甚至導致更嚴重的情形發生，這一般只能通過手術取出了。

不過，這些國外同行們還算是鎮定，他們努力地將自己的心情平靜下來。

一個值不了幾個錢的假牙，竟然都可以鬧騰出這麼大的問題，讓患者本人吃了一驚，他簡直不敢相信這就是讓他痛苦不堪的原因。

至於接下來的問題，就好辦了，患者將在醫院做進一步的檢查，以確定那個假牙的準確位置，然後儘快地進行手術。

對於這樣的結果，李傑和安德魯多少也是有點欣慰，畢竟這個患者的病不像其他愛滋病患者那樣嚴重。

處理完病人，安德魯又很不厚道地將李傑和于若然給打發了，還說要是沒有特別的事，就不要在集合之前回到醫院門口。

就在李傑一個人在醫院門口東張西望，爲下一步的行動計畫而愁眉不展的時候，他忽然發現，那個給自己留下了深刻印象的艾蜜麗小姐，出現在不遠的地方。

她不是一個貴族麼？怎麼沒有和其他人一樣，在參觀結束以後，就回去啊？難道是她打算再次回到醫院裏，去看看那些患者？李傑看著艾蜜麗的背影暗自琢磨了起來。

按照安德魯的介紹，這周圍的地方，都是這家愛滋病療養病院的建築，這個艾蜜麗小姐難道有什麼小秘密不成？

懷著這樣十分八卦的想法，李傑便悄悄地跟在了艾蜜麗的後面，打算看看這個對愛滋病人如此關愛的貴族小姐的私人小秘密。

看著艾蜜麗走進了一幢類似於公寓的樓房，李傑開始有點明白了。由於愛滋病人的抵抗力都處於一種崩潰的狀態，所以，幾乎所有的病人都擁有著單間的公寓，也算是爲他們著想吧。在這樣的情況下，如果其中的一個病人被感染的話，也不至於迅速傳染給其他人。

這個公寓就是爲了那些抵抗力持續下降，而又不至於短時間迅速崩潰的愛滋病人特意準備的。

這裏的環境也是和那個醫院一樣的悠然寂靜，沒有絲毫的喧鬧，的確是一個適宜療養的地方。

不過這個艾蜜麗小姐爲什麼要來這個地方？這個問題一直困擾著作爲跟蹤者的李傑，他覺得還是有必要把這件事情調查明白。

就在李傑打算做進一步八卦的時候，從一間公寓裏，忽然傳出了聲音。他從聲音就可以判斷，正是那個艾蜜麗。

難道是艾蜜麗小姐出了什麼事不成？李傑想到這裏，便三步併作兩步地向著聲音傳來的那一間公寓跑過去。

當李傑推開公寓門的時候，他看見艾蜜麗小姐正跪坐在地上，懷裏抱著一個臉色慘白的男人。在兩個人不遠處的地板上，還有一灘十分明顯，依然是鮮紅的血跡。

艾蜜麗抬頭看到了李傑，紫羅蘭色的眸子裏，充滿了絕望，當看清楚是李傑以後，便努力地說了一句：「醫生，請你救救讓艾爾！」

李傑見狀，迅速上前施以急救。當讓艾爾甦醒過來後，李傑無奈地離開了。他知道這個病人是拖一天算一天，無法徹底康復的。

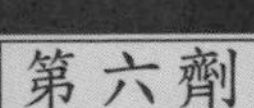

愛滋病患的手術

鑒於讓艾爾的病情，李傑沒有採取一般的連續硬膜外麻醉或者是全身麻醉。
因為讓艾爾的身體狀況已經不允許那樣做了，
如果採取以上的兩種麻醉方式，極易在手術進行中發生麻醉意外。
李傑在患者腹直肌上做了一個長度大約四釐米的切口。
在做這個切口的時候，他讓切口的上端距離肋弓二釐米，這一切做得絲毫不差。
這一次，李傑對自己的要求十分嚴格，
他知道，自己現在正和死神搶奪讓艾爾微弱的生命，來不得半點的馬虎和遲疑。
手術時間要盡可能短，如果時間過長，
讓艾爾原本就十分虛弱的身體根本就無法經受。

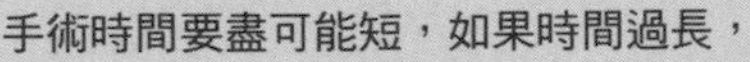

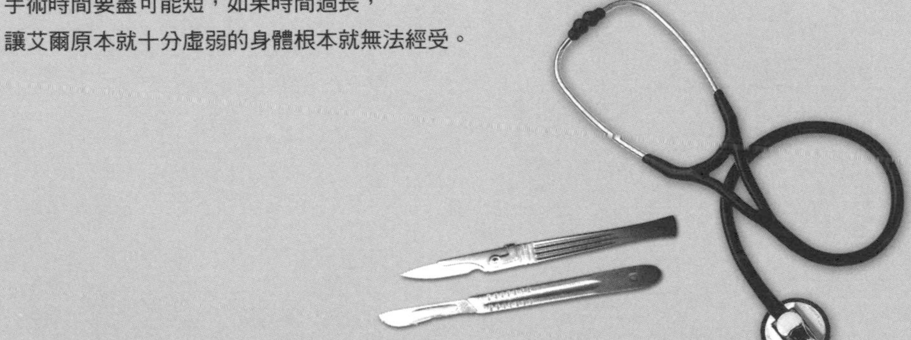

對於艾蜜麗小姐的親自到來，李傑一行人還是有些意外。一個只有一面之緣的貴族小姐，似乎和他們這些東方來客不會有多少的交集。

艾蜜麗小姐還是像第一次見面時那樣美麗。她身穿一件有著淡藍色細肩帶的素色連衣裙，垂下的裙角一直遮到了她的腳踝，同色的絲質手套一直覆蓋到上臂，晶瑩圓潤的手腕上，是一隻淡金色細鏈女錶，典雅而又不凡。

在艾蜜麗剛進入這間套房的時候，安德魯就立刻覺得自己的呼吸有點急促，原本是自己選的一間最為奢華的房間，裏面所有的傢俱都有著上百年的歷史，雖然有點陳舊，但是處處流露著典雅。每一處包金和鑲嵌的地方，都是出於名家之手，不過由於艾蜜麗的出現，一切亮麗的裝飾，都在一瞬間失去了光彩。

在李傑看來，艾蜜麗小姐的眼神裏，除了母性的關愛，還夾雜著不少的憂愁，這種憂愁，不是一個情竇初開的少女所擁有的，是一種經歷了生離死別戀人的眼睛裏才能出現的。

「對於你朋友的病，我也是無能為力！」李傑坐在艾蜜麗對面，不敢直視艾蜜麗的眼睛。對於艾蜜麗自己所說的那個朋友，他覺得還是有很大的問題。

從李傑看到艾蜜麗擁抱著那個讓艾爾的時候，他就覺得兩個人的關係絕對不像朋友那樣簡單。在李傑看來，這兩個人的關係，像是一對戀人。

對於艾蜜麗的八卦，李傑也沒有必要再接著往下挖掘。畢竟，他只是一個有著強烈好奇心的醫生，而不是一個整天把其他人的八卦當做自己職業的小報記者。

對於讓艾爾的愛滋病，李傑沒有任何方法，這讓李傑感到了一絲無助。在強大的疾病面前，人類的生命總顯得是那樣渺小。

對於一個醫生來說，恐怕最難以開口的，就是對病人的家屬說出自己無能爲力的話語，這也是一個醫生的無助。

對於李傑的無能爲力，艾蜜麗也沒有多說什麼，只是就這麼靜靜地坐著，似乎變成了一座真正的大理石雕像。

在李傑看來，讓艾爾的手術是一個巨大的挑戰，以病人現在的身體狀況，根本就承受不起手術帶來的創傷。

再加上讓艾爾是一個愛滋病患者，術後恢復也是一個不容忽視的問題。如果在術後發生了感染，到時候，病人的免疫系統將會全面崩潰。

李傑的看法還是傾向於用藥物進行保守治療，雖然這樣會導致生活品質下降，但是還不至於帶來手術治療那樣大的風險。

其實讓艾爾的生命就像是一盞沒有多少油的油燈，用藥物的話，可以讓這盞油燈的光芒微弱一點，雖然不能照亮多少，但是燃燒的時間可以長一點。如果用手術的話，就好像是將這盞油燈的火光調得更加大一點，雖然可以照亮不少地方，但是這樣一來，油燈燃燒的時間將會大大地縮短。

手術本來就是複雜的，再加上手術存在的危險性，以及手術以後的可能情況，李傑還是沒有建議手術。

這一次艾蜜麗來的目的，就是想勸說李傑給讓艾爾做手術，讓她感到失望的是，李傑還是堅持了他自己的看法：讓艾爾不宜進行手術。

對於李傑的堅持，艾蜜麗也沒什麼辦法。自己和讓艾爾的關係，父親早已知道了一個大概，要是在這個時候，讓父親出面的話，他肯定會大發雷霆。

當艾蜜麗神情落寞地走出房間以後，空氣中壓抑的氣氛一直沒有消散。安德魯看著李傑，同樣是無能爲力的樣子，也沒有多說什麼，只是用自己肥碩的手指頭，不斷地敲擊著沙發的扶手。

李傑回想起艾蜜麗臨走時那種落寞的表情，心裏也有點酸楚。對於患者的情況，醫生是最爲瞭解的。但往往是這種瞭解使醫生更加難以決定。患者家屬的請求，患者的願望導致的壓力，經常都由醫生來背負。

李傑覺得，自己還是有必要再次去看一下那個讓艾爾，還要從多方面瞭解一下，如果讓艾爾確實可以進行手術，那就按照他的要求做。

李傑再次見到讓艾爾的時候，還是有那麼一點點懷疑他有重病，眼前的這個人眼睛裏似乎有無限的活力。

這一間和其他病房不太一樣，牆壁是乳白色，佈置得簡單而又乾淨，室內只有一張床和一個不大的櫃子，櫃子上擺放著一隻精美的花瓶。

「東方來的李傑醫生吧！」讓艾爾看到李傑以後，立刻就煥發了法國人特有的熱情，給了李傑一個充滿生命力的擁抱。

讓艾爾有著半長的頭髮，在墨玉一般的烏髮裏，隱隱約約地夾雜著不是很顯眼的銀色，額頭前的幾縷略顯凌亂，隨意地擋在眼睛前面，明亮的眼睛裏，全部都是對生命的渴望。

消瘦的顴骨、尖瘦的下巴上，留著短短的鬍渣，還有那因爲長期生病而有些蒼白的面容，這一切都使讓艾爾看起來有那麼一種病態的淒美。

「你的病……」李傑打算向讓艾爾說明一下他目前的病情，不過讓艾爾用善意的微笑給打斷了。

讓艾爾看著艾蜜麗，後者緩緩地拉著讓艾爾的手，似乎有些不捨，在將讓艾爾的手緊緊地握住片刻之後，艾蜜麗便有些留戀地推開門走了出去。

「好了，現在沒有什麼好隱瞞的了！」讓艾爾用自己明亮的眼睛，就這麼笑瞇瞇地看著李傑，彷彿知道李傑帶給自己的是什麼樣的消息。

對於李傑的這次拜訪，讓艾爾已經做好了準備，當知道自己在這個世界上所能停留的時間不是很多的時候，他沒有表現出一絲的留念。

在讓艾爾眼裏，像死人一樣躺在床上一年，還不如讓自己快快樂樂地活上一個星期。

也許是個人的觀念不盡相同，李傑在勸說了讓艾爾很長的時間之後，依然還是沒有辦法說服他，雖然自己已經有了這方面的思想準備，不過還是有些懊惱。

「你自己看著辦吧，既然你對你的身體挺有信心，看來，我留在這裏也沒有多少用處了！」李傑氣呼呼的說完這句話，便將病房的門拍得山響，一臉怒氣地走了出去。

當走到門口的時候，艾蜜麗終於追上了一臉怒氣的李傑，看著艾蜜麗懇切的目光，李傑將自己滿心的怒火強壓了下去。

不過李傑也是只有一句話，那就是：「不能做手術！」讓艾爾的身體狀況，他已經對艾蜜麗詳細地解釋過了。

當李傑甩出這句話的時候，艾蜜麗只是淡淡地點了點頭，有些躊躇地站在原地，靜靜地看著李傑。

李傑此時的腦子裏全都是讓艾爾的樣子，也沒有理會艾蜜麗的神情，便連一句告辭的話也沒有留下，扭頭便走。

也不看看自己目前的身體情況，就一個勁地想做手術，是不是有點活膩的意思！想趕著去死，也不至於這樣著急吧！李傑在嘴裏惱怒地嘟噥著。

我是治病救人的醫生，不是在三途川上擺渡的船夫！李傑一邊這樣想著，一邊快速走出了醫院的大門，也許是太過於生氣的原因，當他打算回到酒店的時候，忽然發現了一個問題：自己已經迷路了。

你個見鬼的讓艾爾，還真是一個悲情文學家，現在你就讓本大爺如此地悲情和生氣，連回酒店的路都不認識了。這一筆賬要算到你的頭上！李傑看著周圍陌生的環境，將自己迷路的理由，全部歸咎到讓艾爾的頭上。

對於目前迷路的狀態，李傑的第一個想法就是待在原地等候救援，這是他一貫的做法，當處於不利境地的時候，先觀察等待是一個不錯的選擇。這也是沒有辦法的辦法！

沒有辦法的辦法！李傑的腦海裏像是放電影一般不斷浮現這句話！或許那個讓艾爾也處

於這樣的地步吧！

在人生的道路上迷路，或許也是這樣選擇吧！回想起讓艾爾眼神複雜的目光，李傑一時感到迷茫。

對於讓艾爾自己身體的狀況，他自己應該是最為清楚不過了，也許那個讓艾爾也有什麼理由，讓自己的生命展現出絢麗的光彩！

就在李傑站在路邊為讓艾爾的決定而思索的時候，安德魯晃蕩著自己的一身肥肉，趕到了李傑的面前。

看著安德魯眼睛裏散發出來的光芒，李傑便知道，安德魯找自己來，肯定是有什麼話要對自己說，或許這個胖子知道讓艾爾的一些事情吧！

「李傑，給讓艾爾做手術吧！」果然，安德魯開門見山地說了一句。對於他的這句話，李傑並沒有像反駁讓艾爾一樣立刻拒絕。

李傑在等待安德魯將剩下的話說完。看著李傑沒有反駁，安德魯將整個事情的經過都說給了李傑聽。

讓艾爾和艾蜜麗的相遇，就是典型的嚮往自由戀愛的公主和悲情文學家的愛情故事。

對於艾蜜麗和讓艾爾的愛情故事，李傑可沒有那麼強烈的興趣，看著安德魯還打算將皇室愛情故事給自己再添油加醋地敘述一番，便非常果斷地制止了安德魯。

於是，安德魯只是給李傑說了一句話：「讓艾爾的心情和夏宇是一樣的！」

「和夏宇一樣的心情！」李傑嘴裏喃喃地念叨著這句話，再一次走進了讓艾爾的病房，他想好好聽一聽讓艾爾的想法。

午後的陽光，像法國人一樣的熱情，使整間病房裏洋溢著生命的歡快。窗戶旁邊的桌子上，是幾個攤開的記錄本。

艾蜜麗正一臉關愛地看著坐在床前的讓艾爾，後者手裏拿著一個和桌上一樣的記錄本，正向艾蜜麗輕聲朗誦著。

這是讓艾爾一貫的做法，每次自己有新作品的時候，艾蜜麗就是自己的第一個讀者。

李傑就這樣靜靜站在門口，不忍心去打斷，看著彷彿一副靜物素描一般的場景。當一首詩念完了以後，讓艾爾才回過頭來，對李傑微微一笑。

看著再次出現的李傑，艾蜜麗紫羅蘭色的眸子裏，閃現出了一絲鼓舞的神色。對於李傑的到來，兩個人的眼神都是一樣的。而艾蜜麗的眼神裏，有著更多的希望。她心想，也許自己剛才和安德魯說的那些話，起到了一些作用吧！

李傑走到窗戶旁邊，將桌上的記錄本拿了起來，向讓艾爾問道：「你自己寫的詩歌？」

讓艾爾認真地點了點頭，這幾本詩歌，都是爲艾蜜麗寫的，自己想在最後的一段時光裏，帶給艾蜜麗最後的一點快樂。

在詩集的扉頁上，華麗而繁瑣的花體字，勾勒出一行文字：「生命就應當和夏日花朵那樣的絢爛！」後面還緊緊跟著：「獻給天使艾蜜麗！」

看來這個悲情文學家還真是懂得小女孩的心思啊！李傑翻弄著幾本詩集，每一本都是爲艾蜜麗寫的。

「這些詩集可以給艾蜜麗帶來更多的歡樂！」讓艾爾看著翻看自己詩集的李傑，話語中似乎帶著一點點訣別的味道。

李傑拿著手裏的詩集，想說：「你以後也有足夠的時間！」但最終還是沒有能說出口。如果讓艾爾繼續保守治療的話，他的狀況還能不能保持現在的樣子？似乎是不可能了。

李傑輕輕地將詩集放下，有些戚然地想著。

「爲了艾蜜麗的快樂，我決定要絢爛地活上一段時間，哪怕是只有一點點！」讓艾爾將艾蜜麗的手緊緊攥在手裏，看看艾蜜麗，眼神裏充滿了關愛。

爲了自己心愛的人快樂，就讓自己絢爛地消失！這樣的理由，李傑還是第一次聽到。對此，他的感覺還真是五味雜陳。

「我要用剩下的時間，來讓艾蜜麗的笑容永遠綻放！」這是讓艾爾向李傑說的一句話，這使李傑想到了夏宇的樣子。

那個時候，夏宇也和自己說過同樣意思的話。而此時，讓艾爾堅定的表情和那個時候夏宇的表情十分相像。

「我替你做手術！」回想著夏宇的笑容，握著讓艾爾消瘦的手臂，李傑緩緩地說出了這樣的一句話，便走出了病房。

對於這個手術，李傑的信心也是有的。不過，這個信心也是僅僅限於以前的手術之中，如果是讓艾爾這樣的一個愛滋病患者，他的信心還不是很足。

在正常情況下，手術中出現的任何意外，李傑也都可以應付。不過對於這個手術中可能出現的意外，他還是沒有足夠的信心。

讓艾爾的身體狀況，和其他患者很不一樣，他的身體就像是一個已經千瘡百孔的房子一樣。如果在手術中有一絲的大意，沒有將意外處理好的話，那麼這間本來就岌岌可危的房屋，將會轟然倒塌。

不過，既然已經決定要爲讓艾爾做手術了，那就一定不能再改變主意！

讓艾爾每天都爲艾蜜麗朗誦一段自己的詩歌，艾蜜麗每天都按照李傑的囑咐，將讓艾爾的生活照料得無微不至。

這也是李傑在恢復以後的第一個手術，爲了讓手術可以順利的完成，這幾天，李傑將讓艾爾的所有病歷完完整整看了一遍。

面對李傑對自己的關心，每天當李傑來到自己病房的時候，讓艾爾便會給李傑一個熱情的法式擁抱。

艾蜜麗還會在每天下午特意給李傑來上一份純正下午茶，還有幾樣她親手做的小點心。安德魯在發現這個情況以後，每天下午便和鐘錶一樣準時地出現在讓艾爾的病房裏，還美其名曰是來給李傑幫忙。

在一個天氣晴朗的下午，同樣的場景又出現了，不過，李傑的心情可不像天氣那樣晴朗。讓艾爾的身體狀況一天不如一天，這也讓李傑覺得要趕快爲讓艾爾進行手術了。

「李傑，讓艾爾的病情？」坐在李傑對面的安德魯，端著一杯茶愜意地喝了一口，向不遠處的那兩個人示意了一下。他擔心，就憑現在讓艾爾的身體情況，極有可能承受不了手術的創傷。

李傑對於安德魯的擔心也是頗有同感，讓艾爾的手術要儘快進行了。不然到時候，他可真就成了三途川上的船夫了。

讓艾爾患的是膽道出血。膽道出血這種病，說白了就是肝內或肝外的血管與膽道病理性溝通，血液經膽道流入十二指腸而發生的消化道出血。這種病多是由外傷性肝實質中央破裂以及繼發的肝膿腫、肝癌破裂等引發，不過蟲及結石等都可引起膽道出血。

至於讓艾爾的膽道出血的原因，那就比較複雜了。他是一個愛滋病人，身體機理各個方面都不是很好。再加上他在自己人生的前半部分，整日花天酒地，觥籌交錯，這使他的肝臟受到的損害也不小。

在這樣的情況下，讓艾爾的手術就處在危險的境地了。如果在手術過程中，出現那麼一點點意外的話，以讓艾爾的體質，很難保證他能從手術台上走下來。

這一次可是要萬分小心，毫不誇張地說，這一次手術的患者，可不只是單純的一個悲情文學家。

除了本身患有疾病的這個悲情文學家以外，艾蜜麗在一定程度上來說，也是一個需要救助的患者。

救了讓艾爾一個人，便是也救了艾蜜麗。讓艾爾可以給艾蜜麗歡樂，如果沒有將讓艾爾救過來的話，恐怕，艾蜜麗以後會變成一具行屍走肉吧。

在進行手術以前，李傑就給讓艾爾做了全面的術前準備，不僅僅是做單純的糾正水、電解質及酸鹼平衡失調。

對於讓艾爾這樣的愛滋病人，身體的免疫力已經到了快要崩潰的地步了，如果只是應用廣譜抗生素來控制感染，不見得會有什麼效果，李傑大膽地採用了一些中醫針灸的方法，可以勉強提高那麼一點點免疫力。

當一切都完成了以後，李傑便定下了讓艾爾手術的時間。手術小組還是那麼幾個人，這一回李傑將安德魯也拉了進來。

安德魯看著李傑的樣子，也是痛快地答應了下來。他也想看看這手術，也好確認一下那種藥物對於李傑的療效。

夏宇這個李傑的小跟班，當仁不讓成爲了李傑的第一助手，于若然作爲器械護士也參與到這一手術之中。而安德魯的那個法國同行，也是一臉興奮地跑到安德魯那裏，要求當助理麻醉師。

一切都準備好了以後，李傑說明了手術的風險。讓艾爾依然是那樣笑瞇瞇的看著李傑，彷彿這一次的手術，是去度假一樣輕鬆。

艾蜜麗則是焦急地看著讓艾爾，讓艾爾輕輕地拍著艾蜜麗的手，小聲地說著什麼，並將一本詩集放在艾蜜麗的手裏，緩緩地對她說：「看完這本詩集，我就會回來了！」

艾蜜麗一手拿著詩集，一隻手輕輕拉著讓艾爾，就這麼一步步送到了手術室的門口，要不是安德魯提前跟她說好了，李傑估計，艾蜜麗會隨著讓艾爾一起進手術室。

讓艾爾那一頭半長的頭髮，此時全部被一頂手術帽給遮蓋了起來，眼睛還是那樣的明亮，全部都是對生命的渴望。

消瘦的顴骨、尖瘦的下巴上，短短的鬍渣已經在艾蜜麗的幫助下刮得乾乾淨淨，他看起來彷彿年輕了幾歲。

還有那因為長期生病而有些蒼白的面容，這一切都使讓艾爾看起來有一種病態的淒美。

「準備好了麼？」李傑向躺在手術台上的讓艾爾問了一句，看著讓艾爾有一些訣別的表情，他打算讓讓艾爾再等等。

「好了！」讓艾爾沒有絲毫的猶豫，看著李傑，給了他一個準確的回答。對於手術，讓艾爾已經做好了全部的準備。

鑒於讓艾爾的病情，李傑沒有採取一般的連續硬膜外麻醉或者是全身麻醉。因為讓艾爾的身體狀況已經不允許那樣做了，如果採取以上的兩種麻醉方式，極易在手術進行中發生麻醉意外。

在那個法國同行的幫助下，李傑對讓艾爾進行了局部麻醉，這樣就可以更好地在手術過程中，對讓艾爾各項生理機能做好即時監測，防止手術意外的發生。

在局部麻醉以後，李傑便按照以前排練的那樣，在患者腹直肌上做了一個長度大約四釐米的切口。在做這個切口的時候，他讓切口的上端距離肋弓二釐米，這一切做得絲毫不差。

看到這個完美的切口，安德魯顯得比李傑還要興奮，看來李傑手臂裏的血栓已經全部消融了，在做這個切口的時候，李傑的手臂沒有絲毫的顫抖，彷彿一台精密的鐳射切割機。

當做好這個切口以後，于若然便迅速將幾塊紗布遞給了夏宇，後者也是同樣快速地將切口周圍滲出的血跡擦去。

夏宇將血跡擦去以後，緊接著便用小拉鉤將切口小心翼翼地拉開，讓手術視野得到充分擴大，好讓李傑開展以後的工作。

這一次，李傑對自己的要求十分嚴格，他知道，自己現在正和死神搶奪讓艾爾微弱的生命，來不得半點的馬虎和遲疑。

手術時間要盡可能短，如果時間過長，讓艾爾原本就十分虛弱的身體根本就無法經受。

「中心光源三千勒克斯！」李傑低著頭發出了命令。由於手術部位的關係，無影燈平常的光照強度無法讓深部的手術區域展現在眼前。中心光源三千勒克斯可以讓手術視野更加清晰，但是也有非常大的不足。這樣做，就要要求主刀醫生必須在短時間內，快速地手術。如果手術速度不是很快的話，在三千勒克斯光照強度下，當局部組織的溫度升高到一定程度，會造成不可逆的損傷。況且，這個手術區域有著繁雜的血管。

這些血管都是十分細微和脆弱的，光照時間過長，還會使血管發生痙攣，進一步產生大量的血栓因數。

若是這些血管發生栓塞的話，在一般情況下，使用血液稀釋和抗凝治療，患者會逐步地好轉。不過這一次的手術患者是一個愛滋病人，他的身體十分虛弱，若是發生血管痙攣引發栓塞的話，到時候就是神仙也無能爲力了。

在無影燈的照射下，整個手術區域暴露在李傑眼前，于若然迅速地遞過來幾塊紗布，夏宇接過紗布將不太嚴重的滲血麻利地擦去。

緊接著，李傑在已經暴露的手術區域內，在十二指腸前方及膽囊三角處各置一塊小紗布。在李傑墊上紗布的同時，夏宇也沒有停下，他將胃腸網膜及肝圓韌帶推開，充分顯露膽囊三角區，做好李傑下一步手術的準備。

看著李傑、夏宇以及于若然協調的動作，安德魯心裏也充滿了希望，李傑的手術團隊終於又回來了！

這一次，李傑的手術團隊，就像是一隻浴火後重生的鳳凰一樣，比以前還要強大，還要具有生命力。

每一次手術，李傑都像是在和時間賽跑一樣，中間沒有半分的猶豫和停頓。

在做了一個簡短的觀察以後，李傑發現，膽道位置較深，手術視野顯露得十分不佳，這無疑給手術帶來巨大的困難。

夏宇也注意到了這個問題，在和李傑對視了一眼以後，他便將手術台的橋架搖起，並且在讓艾爾的膝下放置了幾塊軟墊。

夏宇這樣做，便是爲了使患者的腹肌鬆弛，這樣就可以使李傑在手術的過程中，探查到的位置更加深入和廣泛。

當讓艾爾的腹肌充分鬆弛以後，李傑便開始了進一步的探查和尋找。

肝臟是李傑第一探查的對象，更是他的重點。因爲他知道，像讓艾爾這種悲情文學家，早年肯定擺脫不了對於酒精的依賴，那麼他的肝臟承受能力是極其微弱的，何況他又是一個愛滋病的患者。

不出李傑所料，患者的肝臟已經處於一種崩潰的狀態了。肝臟是身體最大的生化器官，幾乎所有的生化反應都是在肝臟裏完成。

可是現在，患者的肝臟已經喪失了絕大部分功能，只有極少一部分肝臟是比較健康的，如果做肝臟切除的話，患者虛弱的身體絕對是承受不了的。

看到這裏，李傑只得無奈地停止了對肝臟的探查，因爲他知道，再做探查，也是沒有什麼必要了。

患者的生命已經到了快要結束的時候了，現在最重要的任務，就是儘快將手術進行下去，還可以爲患者從死神處爭奪到那麼一點點的時間。

在停止了肝臟探查以後，李傑又迅速探查了患者的膽囊，讓李傑感到欣慰的是，整個膽囊從外表上看起來，還算是正常。

不過單憑外表，不足以確定膽囊的功能和健康狀況，他用手輕輕擠壓了一下膽囊，還好膽囊還可以排空，也沒有什麼結石。

雖然膽囊裏沒有結石，但也不能掉以輕心。李傑接著又小心翼翼地探查了膽囊頸及膽囊管，和膽囊一樣，也沒有什麼結石和結石嵌頓的發生。

除了結石和結石嵌頓，膽囊也沒有什麼和周圍組織黏連的情況發生，整個膽囊及其周圍的情況和正常人看起來是一樣的。

時間一分一秒地過去，李傑的額頭上開始出現了密密麻麻的汗珠。他轉過頭去，于若然就把他頭上的汗水擦去，李傑又開始下一步的工作。

在做完膽囊探查以後，李傑順勢將左手食、中指伸入網膜孔內，左拇指置肝十二指腸韌帶上，自上向下摸診肝管、膽總管，以確定肝管、膽總管內沒有殘留的結石和結節，淋巴也沒有什麼腫大，說明膽囊和肝管、膽總管也沒有什麼病變。

除了以上的探查，李傑在夏宇的幫助下，還將腹腔裏的其他臟器依次做了認真的探查。不過接下來的探查結果，讓李傑感到十分失望，胃、十二指腸已經和肝臟一樣，快要喪失功能了。

看著彷彿被人用散彈槍打了一槍一樣的腹腔，李傑無奈地搖了搖頭，患者的生命確實已經走到了盡頭。

李傑看著夏宇，歎了一口氣，示意夏宇儘快地進行下一步。

夏宇便接過于若然遞給自己的深拉鉤，將肝、胃、結腸拉開，在拉開以後，他還將幾塊紗布墊在深拉鉤的下方。

這樣做的目的，就是使十二指腸韌帶伸直。在十二指腸韌帶伸直以後，膽囊和膽總管便十分清楚地顯現在幾個人的面前。

在夏宇做深拉鉤拉開的同時，李傑迅速將幾塊用鹽水泡過的紗布堵塞於網膜孔內。這個看似簡單的動作，李傑可是費了非常大的功夫。

如果鹽水紗布塡塞得太深，就起不到塡塞的作用，在以後做膽囊切除的時候，膽汁和血液流入小網膜腔，會造成患者的腹腔感染。

然而過淺也不行，紗布預留過多的一端，會嚴重干擾手術主刀的視線，到時候，還要重新塡塞，對患者的肌體損害也較大。

李傑塡塞的手法恰到好處，既可以防止膽汁和血液流入小網膜腔，又不會干擾到自己的手術視線。

在做完這一切以後，李傑就開始做切除膽囊的工作了。膽囊切除術是膽道外科常見的手術，有順行性和逆行性兩種。

順行性切除，即是由膽囊管開始，在一般情況下，醫生大多都會選擇順行性切除，這種切除方法，出血較少，手術簡便。

逆行性切除，即由膽囊底部開始，很多醫生都不願意選擇，因爲這種切除，手術方法繁瑣，而且極易造成膽囊的血管拉傷，從而引發大出血。不過若是醫生在手術過程中儘量地小心，那麼對患者造成的創傷要比順行性切除小得多。

李傑在爲患者做膽囊探查的時候發現，雖然患者的膽囊沒有出現炎症，膽囊與周圍器官也沒有緊密黏連，但是患者的膽囊管及膽囊動脈的位置不易顯露。

如果在切除膽囊的過程中，分離沒有達到預期的目的，那就有可能會使整個手術失敗，這樣的結果是李傑最不願意見到的。

李傑採用逆行性膽囊切除，首先要做的，就是將膽囊底部漿膜切開。

李傑先用無齒的止血鉗，夾住膽囊的底部，做了一個膽囊牽引。在做牽引的時候，他做得十分地輕柔和小心。

李傑在對膽囊完成了牽拉以後，便迅速在膽囊周邊距肝界一釐米處的漿膜下，注入了少量生理鹽水。

這樣做就是人爲製造了膽囊漿膜水腫，使整個膽囊看起來就像是感染了某些急性的炎症一樣。

當漿膜水腫浮起以後，李傑便在剛才注水的地方做了一個切口，並分離了一部分。

在分離漿膜的時候，李傑並沒有採取比較快捷的銳性分離，銳性分離雖然可以節省一段時間，但是對機體造成的損傷也是比較大。

對於患者這種低耐受的體質，鈍性分離的傷害要少一點，雖然這樣做會費一點時間，不過這也是最保守的做法。

就在李傑打算進一步進行膽囊分離的時候，守在一邊的安德魯忽然發現了一個現象！

「患者血壓開始下降！」

「注入升壓素！」李傑看著已經被分離了一部分的膽囊漿膜，心裏泛起了嘀咕，自己操作的過程沒有什麼錯誤，怎麼會出現血壓下降？難道是在牽拉膽囊的過程中，造成了動脈撕裂，或是拉斷了動脈引起大出血。

如果真是發生大出血，李傑也不敢像以前的那樣，用止血鉗在血泊中鉗夾止血，如果那樣做的話，可能將膽總管夾傷或誤紮。

李傑顯得十分鎮定，不過夏宇可就不一樣了，他已經做好了吸出流血的準備，若是又發現大出血的跡象，夏宇會在第一時間內按照李傑在手術之前給他說的那樣，將左手食、中指插入網膜孔，拇指在肝十二指腸韌帶上壓迫肝動脈暫時止血。

不過李傑又看了一眼，手術視野範圍內，並沒有出現血汪汪的樣子，看來只是牽拉膽囊的一種條件反射。

「繼續分離膽囊！」李傑看著有點發呆的夏宇，提醒了一下。夏宇被這樣一提醒，便迅速恢復了剛才的狀態。

李傑用手指和小紗布球沿已經切開的漿膜下間隙分離膽囊，由膽囊底部開始，逐漸向下分至體部。

在分離膽囊的時候，李傑也注意到了門靜脈。因爲他知道，在分離的時候，對門靜脈的損害是最大的。

如果在分離的時候不小心，將會對門靜脈造成不小的損傷。若是門靜脈損傷了的話，那個出血量，可是擋也擋不住的。

所以在分離的時候，李傑便盡可能地遠離肝十二指腸韌帶側後緣。既然已經找到了危險的位置，那就要在完成手術的過程中遠離。

在分離的時候，李傑還是和以前一樣地小心，由於剛才的血壓下降，他這一次沒有將膽囊進行牽拉，只是用手指緩緩地進行著鈍性分離。

在分離膽囊的時候，都必須緊靠膽囊壁進行。當分離到一定程度的時候，李傑感到分離有點困難。

他便切開膽囊底，用左手食指伸入膽囊內，其餘四指握住鉗夾膽囊壁的鉗，以食指作引導，右手用剪刀圍繞膽囊壁外周行銳性分離。

在分離的過程中，李傑發現患者的右側副肝管或右肝管走行較低，又緊貼膽囊後上方，於是他先前在分離膽囊三角右上方結締組織時，緊靠膽囊壁進行的分離此時便起到了作用。

雖然膽囊和其他組織沒有任何的黏連，但是李傑對於出現的任何可疑的索狀物，還是進行了小心的判斷和結紮。

李傑知道，在這種情況下，是可能將右側副肝管誤認爲黏連帶而結紮、切斷的。

若是肝右動脈或膽囊動脈變異，在分離膽囊的時候，極易撕破，從而引起大出血。或肝右動脈位置較低，於膽囊後上方入肝，可被誤認爲是膽囊動脈而加以結紮，造成右肝組織缺血。

在李傑對膽囊進行分離的時候，他十分謹慎，生怕有什麼差錯。

當分離達膽囊頸部時，李傑便停止了分離，在其內上方找到膽囊動脈，在貼近膽囊壁處將動脈鉗夾、切斷、結紮，近端雙重結紮。

在做動脈血管結時，極易造成結紮線滑脫，致使術中或術後發生大出血。

所以李傑在膽囊動脈近端結紮的時候，連同縫線一起一共結紮了兩道。結紮時，李傑並沒有將縫線向上牽拉，這樣做可以在最大程度上防止撕脫。

而且在牽拉的時候，李傑的用力十分均勻。這件活兒，說起來十分簡單。可人的左右兩隻手，力氣終究是不一樣的。

經常用的那隻手，力量始終是大些，要想讓兩手的用力均勻，就必須對自己的力量進行合理掌控，多了少了都不行。

而且在結紮的時候，用力還不能太大。如果用力過大的話，會造成結紮線勒斷血管，引起出血。

當李傑完成結紮的時候，他將每道結紮線都打結，以免滑脫。

下面便是手術的最後一個步驟了：分離、結紮膽囊管。

由於膽囊管有時開口於右側副肝管上，在分離的時候如果沒有分辨清楚，而按照常規方法進行結紮、切斷膽囊管時，往往將右副肝管切斷。

李傑再次將膽囊頸部夾住向外牽引，隨後開始分離覆蓋的漿膜，並且十分順利地找到了膽囊管。

李傑注意到，患者的膽囊管比較粗大，手下的動作更加細緻了。他十分仔細地分離了膽囊，在看清膽囊管與周圍關係後，才開始結紮。

當迅速地切除了膽囊後，在夏宇的說明下，李傑將膽囊管殘端用中號絲線結紮後加縫紮，對肝床上出血不止處，加以縫合。

看著清潔的手術視野，確認各處結紮點可靠以後，李傑才做了引流，最後逐層縫合腹壁切口。

手術還是很成功的，對於李傑和其他人來說，這都是一個不錯的消息。

李傑從這次手術中確認了，自己的手已經恢復到了以前的樣子。

看著守護在讓艾爾身邊的艾蜜麗，于若然和夏宇也都先後走了出去。

手術雖然是成功了，但是李傑的心裏卻不像以前那樣輕鬆。從醫學的角度來說，這次手術對於讓艾爾身體的傷害還是挺大的。

讓艾爾的時間只剩下不到半年了，這也是李傑不願意看到的結果。但是對於讓艾爾來說，卻是足夠了。讓艾爾要在這不到半年的時間裏，爲艾蜜麗贏得更多的快樂，還要爲她在自己不在了以後，留下更多的歡樂。

第七劑

愛情的謊言

李傑看著站在自己眼前的讓艾爾，驚訝地有些說不出話來，
自己還真是低估了愛情的力量。
藥物的作用要比李傑想像的大得多，讓艾爾的眼神裏恢復了往日的光輝，
又恢復到了手術以前的狀態，甚至要比手術以前的氣色還要好。
不過李傑心裏明白，讓艾爾這種情況是堅持不了多久的，
他身體的狀況，要比表面現象嚴重得多。

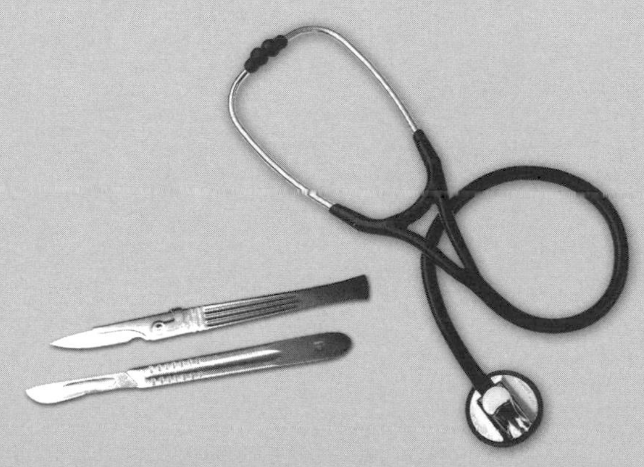

讓艾爾就那麼斜靠在病床上，在記錄本上不停地寫著什麼。而艾蜜麗則坐在不遠的地方，笑眯眯地看著，紫羅蘭色的眸子裏，充滿的是無限的關愛和歡樂。

現在的病房裏，已經不像以前那樣簡潔，房間裏擺滿了鮮花，簡直就是一個充滿了生命的花園。

這一切都是艾蜜麗的主意，讓艾爾對於她的舉動也沒有反對，他看著眼前的這些鮮花，只是對艾蜜麗會意地一笑，彷彿明白艾蜜麗的想法一樣。

無數的鮮花將讓艾爾和艾蜜麗圍在中間，從艾蜜麗的眼神裏看來，讓艾爾就像是一個打敗了巨龍後歸來的王子一樣。

雖然讓艾爾的眉目間略顯疲憊，不過，眼睛裏再也沒有憂傷和不捨，似乎所有的創作激情，都因爲經歷了一次手術而重新迸發出來。

當李傑走進讓艾爾病房的時候，就被這一屋子的繽紛花朵給強烈地震撼了。他一瞬間有點恍惚，只覺得自己不像是走進了一間病房，而是一個花園。

讓艾爾比手術以前的狀況，至少從表面看上去，要好很多。不過讓艾爾那比以前更加蒼白的面容，還是說明了一個問題——他的身體狀況不容樂觀。

「你好，李傑醫生！」艾蜜麗聽到門口的響聲，將自己的眼神從讓艾爾的身上挪開，便給了李傑一個燦爛的微笑。

李傑看著艾蜜麗的笑容有了一種被春風拂面的感覺。艾蜜麗的笑容，彷彿可以融化一切的堅冰，給人帶來溫暖的感覺。

不過讓李傑感到有些奇怪的是，讓艾爾彷彿沒有看到自己一樣，明亮的眼睛掃過天花板，然後落在了自己手裏的記錄本上。

「他……」看到讓艾爾的樣子，艾蜜麗張了張口，似乎要向李傑解釋什麼。對於讓艾爾的這種表現，李傑對艾蜜麗微微地一笑，便制止了艾蜜麗的解釋。

接著李傑推開門，向艾蜜麗示意了一下。艾蜜麗走到讓艾爾的床邊，給他掖了一下被角，便跟在李傑的身後走出了病房。

「他沒有多少時間了！」李傑站在病房的門口，透過玻璃，看著正躺在病床上的讓艾爾，緩緩地說道。在說這句話的時候，他始終沒有勇氣去直視艾蜜麗。

聽到李傑所說的話，艾蜜麗那紫羅蘭色的眸子，在一瞬間便蒙上了一層薄薄的水汽。她迅速用手背抹了一下眼角，拚命忍住了自己的淚水。

向李傑道謝之後，艾蜜麗站在病房的門口，深深地吸了幾口氣，恢復了自己天使一樣關愛的笑容，便走了進去。

李傑站在病房的門口，隔著一層玻璃，就這麼一直看著。讓艾爾依舊是躺在床上，在記錄本上寫寫畫畫，還時不時抬起頭來，看著滿屋的鮮花。

艾蜜麗則安靜地坐在離讓艾爾不遠的地方，眼神依舊充滿了關愛，就那樣靜靜地看著讓艾爾，似乎剛才李傑沒有對她說過什麼！

李傑掂了掂手裏的病歷，暗自歎了一口氣。讓艾爾在手術前的身體狀況就不是非常好。李傑還擔心他無法耐受手術的巨大創傷。不過，就目前看來，他的情況還是比較好的。

讓艾爾現在已經是活著從手術台上下來了，那麼也就是說，手術已經是成功了一大半。至於手術是不是完全成功，那還要看讓艾爾的術後恢復了。不過，讓艾爾的術後恢復似乎很艱難。

術後恢復最主要的就是防止感染，還要防止術後併發症的發生。但是讓艾爾是一個愛滋病人，免疫力已經處於崩潰的邊緣，要想成功地避免感染，那簡直就是一個比登天還要困難的任務。

艾蜜麗推著輪椅，和讓艾爾在醫院的花園裏散步。對於李傑給自己說的時間，艾蜜麗一直都沒有告訴讓艾爾。

讓艾爾對於艾蜜麗的沉默，也沒有追問什麼。他也清楚，自己以後的時間不多了，他現在最大的願望，就是盡可能多地創作。

讓艾爾坐在輪椅上，緩緩地爲艾蜜麗朗誦著詩歌，現在這個世界上，唯一可以讓自己堅持活下去的動力就是艾蜜麗的笑容。

艾蜜麗輕輕抓著讓艾爾的手，依然明亮的紫羅蘭色眸子裏，還是那樣充滿了關愛。不過，一絲不易察覺的痛苦時不時在閃現。

「去其他地方看一看，好麼？」當讓艾爾朗誦完了以後，艾蜜麗關愛地問了一句。讓艾爾有些不捨地鬆開艾蜜麗的手，微微一笑，算是答應了。

一路上，艾蜜麗和讓艾爾愉快地回憶著他們一起度過的很多時光。似乎醫院裏的一切，都是他們快樂的見證。

李傑跟在離他們不遠的地方，默默地看著這一對幸福的戀人。幸福雖然很短暫，但是這終歸是幸福。

對於艾蜜麗，李傑也從安德魯那裏多少瞭解了一些。這個女人，天生就是要嫁入皇室的。不過，對於愛情的渴望卻又使她對讓艾爾的感情有點複雜。

如果嫁入皇室，艾蜜麗的生命也就是一個段落的結束。「宮門深似海」這個道理，她不是不明白。她要在自己嫁入皇室以前，嘗試到愛情的美妙。在嫁入皇室以後，就可以有一個值得回憶的愛情。

看著眼前的情景，李傑暗自歎了一口氣，便默默地轉身回到了房間，他還要爲讓艾爾爭取更多的時間，讓這兩個人的幸福，可以延長那麼一點點的時間。

在一天看似美好的時光結束以後，讓艾爾主動地請人找到了李傑，說是有一些話要告訴他。

李傑覺得奇怪，當讓艾爾的手術結束以後，他從來沒有和誰說過話，每天只是在他自己的記錄本上，寫著專門爲艾蜜麗所創作的詩歌。然後就是在艾蜜麗的陪伴下，在醫院的花園裏朗誦詩歌。雖然是一腦子的不明白，不過李傑還是迅速趕到了讓艾爾的病房。

「李傑醫生！」讓艾爾看著坐在自己對面的李傑，還是和以前那樣打招呼。他笑容裏充滿了熱情，不過這熱情笑容看起來是那樣虛弱。

「我的時間不多了吧！」讓艾爾有些自嘲地笑著，同時將自己沒有一絲血色的手臂舉到眼前，無力地晃動了幾下。

在手術以後，讓艾爾的身體狀況正像李傑預料的那樣，在急速地惡化。對於他目前的狀況，李傑也是沒有辦法。

手術以後的虛弱是沒有辦法改變的，李傑現在所能做到的，也就是盡可能地將讓艾爾的生命延長幾天。

李傑看著讓艾爾的表情，沒有多說一句話，就只是靜靜地坐著。他知道，自己也只能將讓艾爾的生命延續上不多的幾天。

傍晚的陽光，有些無力地從潔淨的窗戶外照射進來，灑在室內無處不在的鮮花上，乳白色的牆壁也染上了一層淡淡的紅暈。

讓艾爾看著李傑，嚅囁了幾下嘴唇，似乎想說些什麼。李傑走過去，輕輕地握住讓艾爾的手，有些戚然地和他對視著。

「我騙了艾蜜麗！」讓艾爾將手抽了回來，然後緩緩地說了一句話，便閉上了眼睛，似乎在等待著李傑的發火。

對於讓艾爾的話，李傑並沒有多麼大的反應，「鳥之將死，其鳴也哀。人之將死，其言也善。」他也想聽聽，讓艾爾是如何欺騙艾蜜麗的。

讓艾爾在等了一段時間以後，見李傑沒有發火，睜開眼睛，輕柔地說出了自己是如何欺騙艾蜜麗的。

「你知道，我的樣子，對於那些貴族小姐的殺傷力有多大！」讓艾爾說道，順手隨意擺弄了一下自己的頭髮，眼神裏又出現了明亮的光芒。

看著讓艾爾明亮的眼睛，李傑也是會意地笑了一下。看來喜歡文學家還真是所有女性的通病。

讓艾爾是一個悲情作家，也就有著作家一切好的習慣和不良的嗜好，他從前常混跡於胭釵脂粉之中。

讓艾爾看起來有一種病態的淒美。

對於無數的少女來說，讓艾爾的這種美麗有著非常強勁的殺傷力，肯定有許多女性會主動投懷送抱。

他的私生活也和許多的女性糾葛不清，本來對於艾蜜麗這個貴族小姐，他只是抱著消遣的心情。也就是在這個時候，讓艾爾發現自己患上了愛滋病。他感到非常地絕望，感覺自己像是經歷了一場噩夢一般。

就彷彿是自己的前三十多年，經歷了一場豐乳肥臀、胭花翠裙的宴會一樣。當這場宴會結束以後，只剩下滿地的嘔吐物和自己已經被判了死刑的生命。

讓艾爾那個時候也是十分消沉，斷絕了幾乎一切的聯繫，打算就此了卻自己悲慘的生命，以尋求一個解脫。

也不知道艾蜜麗用什麼方法找到了自己，當他給艾蜜麗講述了自己的遭遇以後，艾蜜麗並沒有嫌棄他，而是開始了無微不至的關懷。

至於自己爲何會染上愛滋病，讓艾爾對艾蜜麗隱瞞了起來。不過讓艾爾覺得，在艾蜜麗的眼裏，讓艾爾感染愛滋病絕對不會是因爲私人生活不檢點而造成的。

「還真是一個善良的貴族小姐啊！」李傑在心裏默默感歎著，再一次回想起艾蜜麗那個充滿了母性光輝的笑容。

爲了艾蜜麗那份善良永遠不被傷害，讓艾爾沒有將自己的事情完完全全告訴她。

看著讓艾爾悔恨的樣子，李傑沒有多說什麼，就這麼坐在他身邊，安靜地傾聽著。

每一個人都有可能犯錯，用一顆寬容的心給他們一個改正錯誤的機會，這也是一個美好的選擇。

想到這裏，李傑習慣性地撇了撇嘴。對於這個悲慘的悲情文學家，他除了能在醫療方面給予不多的幫助，也是一點辦法也沒有。

「李傑醫生，我想請你幫一個忙！」讓艾爾看著李傑，拉著他的手，虛弱的面容上浮現一絲狡猾的笑容。

「什麼忙？」李傑看著讓艾爾的笑容，心頭還是忍不住地跳動了一下。難道這個悲情文學家，又有什麼想法？

「聽說東方有一種在短時期內恢復體力的神藥！」讓艾爾這句虛弱的話，差一點沒有把李傑從凳子上給震到地上去。

你這個傢伙是從哪裏看到這種亂七八糟的消息啊？真是病急亂投醫！如果東方真的有那種藥，那還不發了。李傑看著讓艾爾一臉真誠的樣子，真不知道臉上該做什麼樣子的表情。

「怎麼？難道沒有麼？」讓艾爾看著李傑的樣子，原本明亮的眼睛，又黯淡了下去，表情也在一瞬間全是落寞。似乎這個打擊，是最爲嚴重的。

「不是說東方的藥物是最爲神秘的麼！」讓艾爾此時的表情，就像是一個被欺騙了許久的孩子一樣，是那樣的沮喪和無助。

「你……」李傑看著讓艾爾，在一時之間也不知道該說些什麼。

「那樣我就可以爲艾蜜麗帶來更多的快樂了！」讓艾爾看著猶如花園一般的病房，心裏充滿了無限的憧憬。

看著讓艾爾的表情，李傑只能無奈地歎氣。爲了艾蜜麗，讓艾爾打算用自己不多的時間作爲交換的籌碼。

「我試試看，不過你也別抱多大的希望！」這是李傑能給讓艾爾的最大安慰了。讓艾爾聽完李傑的這句話，原本黯淡的眼睛，瞬間發出了充滿希望的光芒。

在讓艾爾的眼睛裏，這個來自東方的醫生，似乎是一個無所不能的聖人。如果說艾蜜麗可以治療一切心靈的話，這個李傑醫生似乎可以治療所有的疾病。

真是一個文學家，李傑靠在牆上，用力地撓了撓自己的頭，回想著讓艾爾的請求，只覺得自己的能力在他那裏似乎都被無限放大了。

對於讓艾爾這種一相情願的想法，李傑現在的感覺就是：頭疼！而且是非常頭疼！自己又不是神仙，不會起死回生的法術。

當安德魯走到李傑房間的時候，感覺自己是回到了中國的中藥店。房間裏瀰漫著一股強烈的中草藥味道，熏得自己有點迷糊。

「你……」安德魯一開口，便覺得自己的口中都有點中藥的苦味了。他不明白這個傢伙究竟是哪裏出了問題，沒有事幹，倒擺弄起中華醫術來了。

「還不是那個讓艾爾！」李傑嘴裏有點恨恨地說。爲了找到讓艾爾所說的那種「靈丹妙藥」，他可是費了老大的功夫，才搞到了這些藥材。而自己要像一個歐洲中世紀的煉金術士一樣，擺弄著這些瓶瓶罐罐。

安德魯看著眼前的這些中藥，眼睛裏全是驚異。在他眼裏，這些平常都可以見到的花花草草，竟然是可以治病救人的藥物。雖然以前也曾經聽說過，但是今天第一次見到，還是讓他充滿了驚喜。

這就是自己的生活吧！不停地救人。李傑看著手裏的幾種草藥，暗自地歎了一口氣。這麼幾劑中藥下去，讓艾爾的身體也應該可以在一定程度上有所好轉吧！

不過，按照他目前的身體狀況，也堅持不了幾天，只能是走一步算一步了！畢竟用這麼重的藥，即使一個有著多年資格的老醫生也不敢輕易這麼做。

「你的藥好了！」在幾天艱苦的工作以後，李傑揉著通紅的眼睛，終於再次出現在讓艾爾的眼前。

幾天不見，讓艾爾的身體狀況越發不行了。原本就蒼白的臉色，現在越發慘白了，他僅有的一點點生命，也在飛速流逝著。

看著眼前的李傑，讓艾爾有些勉強地微笑了一下，算是聽到了李傑的話。

「你可要想清楚了！」李傑看著虛弱的讓艾爾，臉上沒有一絲的表情。他知道，自己的這一劑藥，對於讓艾爾來說，就是飲鴆止渴。

對於李傑的解釋，讓艾爾還是和以前一樣，微微一笑，表示自己毫不在乎。

「生如夏花絢爛！」讓艾爾對李傑緩緩說道。這是他一貫的想法，即使是目前的情況下，他依然如此認爲。

一定要讓艾蜜麗得到更多的快樂，這是讓艾爾最迫切的想法，也是他目前唯一的願望，爲了這個願望，他願意用自己不多的生命來交換。

如果可以讓自己給艾蜜麗帶來更多的快樂，其他一切都可以忽略。不過這一切，還應該暫時保密，絕對不可以讓艾蜜麗知道。

看著讓艾爾的眼睛，李傑點了點頭，算是答應幫助讓艾爾守住這個秘密，讓艾蜜麗度過這一段和讓艾爾快樂的時光。

自己現在是用生命來換取艾蜜麗的歡樂，雖然是一杯毒酒，倒也是十分甜蜜的。艾蜜麗見到自己恢復了以後，應該會非常開心吧！

用虛僞的假像來換取真實的快樂，對艾蜜麗來說也算是一種欺騙吧！不過對於艾蜜麗的欺騙，這倒也是最後一次了。

謊言總是在被揭穿以後，才能被稱爲謊言。在被揭穿以前，它就是一個美麗的童話，是一個艾蜜麗希望得到的童話。

看著藥物漸漸進入自己的身體，讓艾爾的笑容越發燦爛了。他知道，這麼一劑藥物，就可以讓自己暫時恢復到以前的樣子了。

他回想起自己答應過艾蜜麗的幾件事，到現在還沒有完成。等藥物發揮作用以後，自己就可以滿足艾蜜麗的心願了。

李傑看著站在自己眼前的讓艾爾，驚訝地有些說不出話來，自己還真是低估了愛情的力量。

藥物的作用要比李傑想像的大得多，讓艾爾的眼神裏恢復了往日的光輝，又恢復到了手術以前的狀態，甚至要比手術以前的氣色還要好。

不過李傑心裏明白，讓艾爾這種情況是堅持不了多久的，他身體的狀況，要比表面現象嚴重得多。

艾蜜麗挽著讓艾爾的胳膊，臉上洋溢著幸福的笑容，紫羅蘭色的眸子裏，散發著無限的光彩。

「謝謝你！」讓艾爾給了李傑一個熱情的擁抱。在擁抱的時候，他靠在李傑的耳邊又輕輕地問，自己目前的這個狀態還能持續多久。

「也許只有三五天吧，最多不超過一個星期！」李傑同樣在讓艾爾耳朵旁邊悄悄地說道。對於讓艾爾的情況，李傑估計他還可以撐得過十天，不過爲了使讓艾爾做好充分的準備，李傑故意少說了幾天。

這麼做也都是爲了讓艾爾好，如果讓艾爾發現自己保持目前狀況超過一個星期，那麼他將會對自己的生命產生巨大的希望，保持一個好的心情，還可以多活上幾天。雖然只是短短的幾天，也可以使讓艾爾爲艾蜜麗多帶來一點點快樂。

讓艾爾看著艾蜜麗的笑容，心裏對李傑充滿了感激。正是由於李傑的幫助，自己才能給艾蜜麗帶來快樂。

安德魯看著眼前的情景，肥胖的臉上，不自覺地出現了一種驚訝的表情。在他看來，讓艾爾的恢復簡直就是一個神話。

幾天之前，讓艾爾還是那樣虛弱。今天他又像是一個快速康復的小夥子一樣。不僅恢復良好，現在連眼睛也和以前一樣明亮了。

李傑看著安德魯的樣子，不打算說破，還是笑瞇瞇地看著眼前的兩個人。從現在開始，這兩個人快樂的時間，就要按照小時來計算了。

讓艾爾的目光緩緩地掃過眾人，最後停頓在艾蜜麗的臉上。李傑對於他的這種眼神很熟悉，讓艾爾在以前讓自己找藥的時候，也是同樣的眼神。

下面，讓艾爾的最後一個謊言，就要開始了。

對於艾蜜麗來說，她只注意到讓艾爾康復的樣子，絲毫沒有留意到讓艾爾明亮目光裏那摻雜著的一絲狡猾。

李傑看著這兩個人，在心裏微微歎了一口氣。既然是讓艾爾要求的，那自己這個主治醫生，還要繼續和病人配合下去。

謊言的第一站，便是這家醫院。自從讓艾爾生病起，他就一直住在這家醫院裏，那個時候，他的病情還不是很嚴重，經常能夠和艾蜜麗在醫院裏到處走動。

這裏的每一處，都留下了他們共同的美好記憶。艾蜜麗走過熟悉的地方，耳邊似乎又迴響起那個時候歡快的笑聲。

看著艾蜜麗歡快的樣子，讓艾爾的心裏也是一陣釋然。終於達成艾蜜麗的第一願望了，那就是高高興興和艾蜜麗將這家醫院參觀一遍。

以前艾蜜麗總是陪著自己轉，由於自己的健康狀況，總是不能順順當當將這家醫院轉完，老是斷斷續續的。

讓艾爾這一次總算是可以達成自己的心願了。這裏的每一處地方，都留下了他們以前的歡笑，這一次終於可以將兩個人留在醫院裏的回憶，挨個重溫一遍了。

對於艾蜜麗這種簡簡單單的要求，讓艾爾這一次終於可以順順當當地達成了，這就是艾蜜麗簡單的快樂。

李傑遠遠地跟在他們的後面，臉上沒有絲毫的快樂，陰沉得都滴得出水。對於讓艾爾目前的樣子，他是不會將真實情況告訴艾蜜麗的。

告訴艾蜜麗的工作還是需要讓艾爾自己來做。那個讓艾爾和李傑共同的秘密，對於艾蜜麗來說，無疑將會是一個巨大的打擊。

李傑也不想看到艾蜜麗痛苦和傷心的樣子，打算將這件事情，就這麼一直地隱瞞下去。李傑不知道的是，讓艾爾根本就沒有將這個秘密告訴艾蜜麗的打算。

看著那一對臉上洋溢著幸福的人，李傑就這麼靜靜地站著，沒有說話，也沒有打斷他們所剩無幾的快樂時光。

也許這就是所謂的幸福，將所有痛苦的感覺和秘密全部都隱藏，只留下兩個互相爲對方著想的心。

艾蜜麗沒有告訴讓艾爾，他的時間已經沒有多少了，是爲了他的開心。

讓艾爾沒有告訴艾蜜麗，自己現在的身體狀況是憑藉著藥物來勉強支持，自己目前的情況，和一株脆弱的蘆葦，沒有什麼分別。

如果按照李傑的說法，最多一個星期以後，失去了藥效的支撐，到時候，自己的生命就像是風中那搖曳的燭光一樣，會消失不見。

看著讓艾爾嘴角劃過的一絲笑容，艾蜜麗那紫羅蘭色的眸子裏，閃過一點點的猶豫，想將讓艾爾所剩不多時間的實情告訴他。不過，最終還是囁嚅了幾下嘴角，沒有說出口。

讓艾爾的這種笑容，艾蜜麗以前也是見過的，每次當讓艾爾給自己一個快樂驚喜的時候，讓艾爾的嘴角總是掛著這樣的微笑，彷彿一個孩子將要做遊戲一樣的笑容。

讓艾爾低頭看著艾蜜麗的樣子，嘴角的笑容更加地燦爛了。自己的時間現在已經是按照小時來計算了。

也不知道沒有了自己以後，艾蜜麗的世界會變成什麼樣子。一定要在自己走完這最後一段人生道路以前，想個辦法，讓艾蜜麗快樂的笑容永遠綻放在臉上。

艾蜜麗的快樂就是自己的快樂，在沒有自己的日子裏，要讓艾蜜麗代替自己快快樂樂地活下去。

想到這裏，讓艾爾低頭看了一眼身邊的艾蜜麗，發現後者也正在用異樣的眼神看著自己，便微微一笑，將心裏的想法隱藏了起來。

艾蜜麗的眼神裏充滿了一種兔子一樣的狡猾，又摻雜著一絲少女特有的頑皮和活潑，似乎又有什麼小秘密一樣。

兩個人就這麼隱藏著各自的秘密，都是想給對方快樂。

看著兩個互相欺騙的人，李傑的手又不自覺地捏緊了一下。看來這兩個人要一直欺騙下去了，直到讓艾爾失去生命的那一天。

李傑都有那麼一點點的衝動，想將一切的事實告訴這兩個人。不過，他還是將這個衝動給壓了下去。

既然都沉浸在虛假的歡樂裏，那至少他們還是快樂的。要是自己將這一切都講清楚了，那將會同時傷害到兩個人。

說謊就說謊吧！這也是爲了艾蜜麗著想。和病人一起說謊，來欺騙家屬的，李傑也算是第一人了。

第八劑

癡情的女人最可怕

艾蜜麗在這麼多的賓客面前，說出自己的未婚夫時，
早已想到父親必然會顧忌到自家的面子，心裏有氣也不敢當眾反對。
即便艾蜜麗最終不會嫁給李傑，這樣或者那樣的謠言也會在今天所有的賓客裏傳開。
以後沒有幾個人敢來向艾蜜麗求婚了。
這樣，艾蜜麗便達成了自己的願望——一個人獨守空房。
這樣既可以擺脫伯爵給自己安排的婚姻，又可以看著讓艾爾的詩集，
每天就這麼快樂下去。
真是一個絕好的計畫，完美無缺。
安德魯看著李傑不知所措的樣子，心裏不住感歎：
不是我們太笨，而是對手太聰明了！

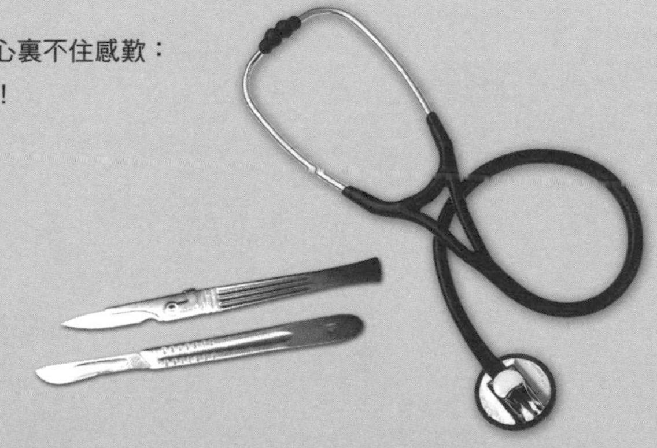

儘管這個謊言看起來是那樣的真實，終究它還是一個虛假和編造的事實，到時候這個謊言還是會被揭穿。

讓艾爾對於自己的期限還是有所瞭解的，他走的時候沒有驚動任何一個人，包括艾蜜麗在內。

當艾蜜麗推開門，急匆匆找到自己的時候，李傑知道，謊言終於到了該揭穿的時候了。看著艾蜜麗紫羅蘭色的眸子裏，充滿了詢問的神情，李傑暗自歎了一口氣，緩緩說出了自己和讓艾爾的騙局。

此後的一段時間，在艾蜜麗的記憶裏是無法填補的空白。她只是看到李傑的嘴在一張一合，他所說的話，她一點也沒有聽到。

在她稍微恢復了一點記憶和行動能力的時候，才發現自己已經走到了讓艾爾的病房裏。病房還是和以前那樣，擺滿了鮮花，看起來依舊是一個充滿了生命的花園。

看著花園一般的病房，艾蜜麗默默地站著，沉默了許久。這一切還是自己的主意，那個時候，讓艾爾對於她的舉動也沒有反對。

艾蜜麗回想著那個時候讓艾爾的眼神，曾經他看著眼前的這些鮮花，只是對艾蜜麗會意地一笑，笑容是那樣的燦爛。

而如今，那個對著自己露出虛弱但是微笑著的男人已經不見了，只留下了幾本寫給自己的詩集。

李傑看著病房裏繽紛的花朵，那些花朵還是和以前一樣，依然是那樣的生機勃勃，在陽光的照耀下，散發著無盡的生命氣息。不過，被花朵簇擁的人已經不在了。

艾蜜麗已經看不見那些花朵了，她什麼也看不見，什麼也聽不見，她的眼睛裏，只有那個空蕩蕩的病床。

李傑一邊說著，一邊回想起讓艾爾的樣子來，半長的墨玉一般的頭髮裏，隱隱約約地夾雜著不是很顯眼的銀色。

他額頭前的幾縷頭髮略顯凌亂，隨意地擋在眼睛前面，明亮的眼睛裏滿是詩人的才華和對艾蜜麗的關愛。

不過現在這一切都只能存在自己的回憶裏了，李傑看著依舊整潔的病房，不禁回想起自己和讓艾爾度過的那一段時光。

整間病房依舊佈滿了鮮花。艾蜜麗默默站在床邊，晶瑩的淚水，順著白瓷一般的臉龐，緩緩地滴落在地上。她卻又沒有放聲大哭，因為在讓艾爾的枕頭邊，放著一個記錄本。

記錄本的封面上，斷斷續續地寫著「不要哭泣」的字樣，從筆跡上看來，讓艾爾寫這句話的時候，似乎意識到了什麼。

在窗邊的櫃子上，還擺放著幾個記錄本，所有本子的封面上，都是用十分華麗的花體字寫著「獻給天使艾蜜麗」！

這是讓艾爾給艾蜜麗最後的禮物，是艾蜜麗和讓艾爾一同度過的美好時光，讓艾爾都按照時間的順序整理了出來。

在床頭的一角，還擺放著一張小小的便籤，那是讓艾爾留給李傑的。當李傑打開以後，裏面只有一句話：「謝謝你給了我足夠的時間！」

正是這麼一段短短的時間，給了兩個人巨大的幸福，讓艾爾將自己給艾蜜麗所有的快樂都留了下來。

在艾蜜麗小聲的抽泣聲中，李傑推開門走了出去，他知道此時的艾蜜麗需要一個人安安靜靜地待一會兒。

艾蜜麗坐在病床的旁邊，看著一屋子的鮮花，心裏感覺是那樣的空空蕩蕩。牆壁是那樣的慘白，比讓艾爾的皮膚還要白。

眼神在房間裏掃了一圈以後，最終還是落在病床上。曾經讓艾爾就躺在這張床上，大聲地朗誦著詩歌。

艾蜜麗很小心，很小心地，就像是讓艾爾還在這間病房裏，生怕自己將他給打攪了一樣，將自己光潔的額頭，慢慢地靠在了床沿上。

床沿是那樣冰冷，冰冷得就像是一塊寒冰一樣，此時讓艾爾的手也應該是這樣冰冷吧。

床上的被褥還帶有讓艾爾的氣味，這個氣味是艾蜜麗熟悉的，有一種淡淡的藥味，還有一種陰雨天青草的味道，就像是讓艾爾那種略帶病容而又憂鬱的笑容一樣。

「你說過，你是不會欺騙我的！不過終歸還是騙了我！」艾蜜麗走過去，看著幾本詩集微微地笑著，將詩集牢牢地抱在胸前，彷彿有人要搶走它們一樣。

「不過這一次也算是扯平了，我也欺騙了你！以後我們就兩不相欠了！」艾蜜麗喃喃地說著，似乎讓艾爾就躺在病床上。

自己的生活就要重新開始了！艾蜜麗紫羅蘭色的眸子裏，雖然是有些艱難，不過還是閃爍出一絲快樂的微笑。

「不要哭泣！」這個斷斷續續的話語寫在詩集的封面上，艾蜜麗有些發呆，她回想著和讓艾爾度過的那最後的一段快樂時光。

在最後的日子裏，艾蜜麗時常可以從讓艾爾那虛弱的眼神裏看到這樣的微笑。從那個時候起，他就已經開始計畫了這一切啊！

雖然那樣的笑容，現在也只能在回憶裏尋找了，在那樣的笑容裏，艾蜜麗看到了她自己希望得到的東西。

她也期望過，曾經相信過永恆的愛情，然而少女的期待，卻被皇室的牢籠所禁錮，被權勢的腳步給無情地踩爲粉末。

幾年以後，當她見到讓艾爾的時候，幾乎只在一瞬間，就被那充滿憂鬱的眼神所深深地吸引了。少女的心扉被那雙憂鬱的眼神敲開以後，她便將自己全部的精力和時間都放在了這個才華橫溢的詩人身上了。

然而這一切，竟然都是以讓艾爾的生命爲代價的，自己是多麼愚蠢啊。想當初，還是自己請求李傑醫生爲讓艾爾做手術的。

那個時候的自己，完全沒有意識到，讓艾爾是在欺騙自己，爲了換取自己的快樂。爲了自己的快樂，竟然要用讓艾爾的生命作爲籌碼！

艾蜜麗此時的腦海裏全是對自己的悔恨，要不是那一時之間的任性，讓艾爾的生命，也不至於這麼快地消失吧！

假如真的可以重新來過的話，那自己就不會選擇認識讓艾爾，也不會選擇愛上他，這樣一切都不會發生了。

「讓艾爾，我那個時候，是多麼的愚蠢啊！」艾蜜麗輕輕地撫摸著詩集，纖細的手指緩緩地劃過寫在封面上的每一個字，喃喃地說著。

李傑就這麼坐在病房外面的椅子上，沒有說話。病房裏哭泣聲漸漸地小了，逐漸地消失了。

讓艾爾，我和你的約定已經結束了，你可要在那個地方保佑艾蜜麗啊！李傑回想著讓艾爾明亮的眼睛，心裏一個勁地祈禱著。

這個就是讓艾爾所說的那樣「生如夏花絢爛」，爲了讓艾蜜麗快樂，讓艾爾將自己絢爛的生命美麗地綻放了。

等待了幾個小時以後，李傑還是忍不住推開了病房的門，他怕艾蜜麗這個貴族小姐會做出什麼傻事來。

擺滿房間的花朵，已經被整齊地收拾了起來。讓艾爾的詩集，也一本本被擺放整齊。艾蜜麗的臉上已經看不出一點點的悲傷，似乎是很開心地收拾著病房裏的一切。口中還不斷地大聲背誦著讓艾爾的詩。

收拾完了病房的一切，艾蜜麗將讓艾爾的幾本詩集抱在胸前，臉上顯露著快樂的笑容，靜靜地站在窗前，看著窗戶外的景色。

「艾蜜麗小姐……」看著艾蜜麗的樣子，李傑有些擔憂地問了一句，心裏不停地祈禱：艾蜜麗小姐，你可不要崩潰了啊！

「李傑醫生，謝謝你對讓艾爾的照顧！」艾蜜麗向李傑深深地鞠了一個躬，對於李傑眼中的擔憂，她也看了出來。

艾蜜麗紅著眼睛，努力地忍受著心中的悲傷，臉上掛著快樂的笑容。這是讓艾爾最後的希望，自己絕不能使讓艾爾這最後的希望落空。

「這是他最後的希望！」艾蜜麗看著李傑，依舊快樂地微笑著，緩緩地從口中吐出這句話，便沒有再說什麼。

抱著讓艾爾的詩集，努力地微笑著。艾蜜麗知道，讓艾爾會在某一個自己看不到的地方，默默地注視著自己。

看著懷中的詩集，艾蜜麗看到那些寫在封面上的文字，漸漸地變成了一幅人物素描，他的臉上有著明亮而又憂鬱的眼睛。眼睛裏湧現的是無盡的關愛和希望，還有那淡淡的愛戀。終於我又看到了你的眼睛了呢！他終於守住了那個和自己的約定，給自己無限的快樂。

在多年皇室氣氛薰陶下的自己，也終於知道了戀愛的快樂和痛苦，這也是讓艾爾帶給自己的。

她終於抓住了永恆——不管是權力的腐臭、皇室的榮譽、地位的芬芳，還是人情的冷暖，都再也無法掩飾住愛情所散發出的無暇光芒，儘管有那麼一點小小的欺騙在裏面。

真正不朽的愛情，是無法缺少善意的欺騙的，它也許會有那麼一點瑕疵，但是它永遠不會消失。

「他已經不在了，但是他留給我的快樂，會永遠陪伴著我！」艾蜜麗再次抱緊了懷裏的詩集，就像是將讓艾爾抱在自己的懷裏一樣。

「艾蜜麗小姐，您還是我見過的最堅強的人呢……」李傑看著艾蜜麗如此鎮定和沉著，由衷地歎了一口氣。

此時，艾蜜麗的眼睛裏，不再是李傑第一次見到她的時候，那種充滿關愛的眼神，而是一種堅定和快樂。

「是麼？」艾蜜麗看著空蕩蕩的病床，紫羅蘭色的眸子裏，笑意漸漸地泛了起來。

「我為什麼要哭呢？快樂地微笑著，這是讓艾爾的希望啊！」艾蜜麗的眼睛裏，已經沒有了任何的淚光。

「讓艾爾曾經對我說過，他要我開心一輩子！」

當李傑看到艾蜜麗的神情，心裏暗自嘀咕起來，讓艾爾的力量也過於強大了吧，就是因爲他的一句話，艾蜜麗就不再悲傷，這個簡直就是不可能的。或許艾蜜麗還有什麼沒有和自己講的。

艾蜜麗寧靜而從容地看著李傑，毫不理會對方黑色眼仁裏充滿著的擔憂和驚訝。她低下頭，看著懷裏緊緊抱著的詩集。

艾蜜麗抬起頭的時候，臉上的笑容依然讓自己顯得那樣快樂，她看著李傑，緩緩地說：「李傑醫生，希望你出席我的宴會！」

「我的宴會！」艾蜜麗說這幾個字的時候，語氣加重了不少。在李傑聽來，那只是艾蜜麗自己的私人小聚會。

李傑便認真點了點頭，對於艾蜜麗的邀請，他沒有什麼拒絕的理由，對於現在這樣一個傷心的女性來說，拒絕不是他可以做的。

不過李傑沒注意到，在聽到他答應了以後，艾蜜麗的眼神裏出現了一絲孩子般的笑容。

「不愧爲在法國！」安德魯說出這句話的時候，手裏端著紅酒。此時他身上穿著一件佛羅倫斯的襯衣，外面套著一件全手工製作的小夜禮服。

看著安德魯的打扮，李傑有些無奈地撇了撇嘴，對於這種高級酒會，李傑一向沒有什麼好感。

「果然是一個豪華的宴會！」安德魯站在李傑的身邊，打量著整個大廳。然後，他靠近了李傑耳邊，輕輕地說道，「除了你的這麼一身衣服以外！」

李傑雖然是換了一身衣服，不過和周圍衣著光鮮的各色紳士相比起來，還是顯得那樣的格格不入。

對於那些皇室成員，李傑一直都沒有什麼好感。當然，那個有著紫羅蘭色眸子的天使艾蜜麗小姐要除外。

這是艾蜜麗口中的那個宴會。周圍都是那些和李傑沒有什麼共鳴的皇室成員，李傑當然顯得不是那麼有興趣。

衣香鬢影，川流不息。侍者們都是黑色的小夜禮服，他們輕盈地從各色賓客中間走過，像是靈活的魚兒。

遠處的樂池裏，樂隊演奏著輕盈的小夜曲。

牆上懸掛著主人的大幅油畫肖像，數十英尺高的穹頂上，垂下華麗輝煌的水晶燈，像是一座倒立著的寶塔。

李傑看著眼前的這一切，覺得有些無趣。這一次參加宴會，主要是因爲艾蜜麗的邀請。可是現在倒好，從李傑進來到現在，連艾蜜麗的影子都沒有見著。

安德魯站在一邊，在銀質的餐盤裏，尋找著一些自己感興趣的東西。對於李傑的東張西望和悶悶不樂一點也沒有放在心上。

夏宇和于若然是第一次見到這樣的陣仗，有些局促地看著裏面的一切，顯得小心翼翼。

對於安德魯見了精美食物就挪不動腳步的天性，李傑早已是司空見慣了。他此時的腦海裏全是艾蜜麗的樣子，心裏還暗自地嘀咕。

艾蜜麗這一次請自己來參加這個宴會，究竟是什麼想法，李傑心裏是一點底都沒有。要只是艾蜜麗的一種感謝，也不會是這個樣子的感謝啊？

安德魯看著李傑有點魂不守舍的樣子，也不知道如何安慰。讓艾爾的離去，對所有認識他的人來說，都是一個悲傷的消息。

「李傑……」安德魯放下手中的酒杯，拍了拍李傑的肩膀。有些揶揄地說了一句：「作爲客人，要開心一點！」

對於安德魯的話，李傑沒有發表任何的看法。他知道，安德魯揶揄自己的話，也是爲了讓自己開心一點。於是，他非常努力地擠出了一個笑容。

安德魯看著李傑僵硬的笑容，便將侍者托盤中的一杯香檳遞給了李傑。他知道，李傑現在憂鬱的樣子，還是要艾蜜麗來解決。所謂解鈴還須繫鈴人。

看著安德魯遞過來的香檳，李傑也只得無奈地笑了一下。酒，不管是任何種類，他是一滴也不沾的。

看著杯中那金黃色的液體，一個個細小晶瑩的氣泡緩緩上升，串成一串細微的線，在液體的表面破裂開，彷彿是讓艾爾的生命一樣。

「出去走走？」安德魯看著李傑出神的樣子，暗自歎了一口氣，向李傑建議道。現在，只有盡可能分散李傑的注意力。

安德魯在夏宇和于若然的耳邊低聲叮囑了幾句，便不由分說地拉著李傑，離開了宴會的大廳。

李傑只得將手中的酒杯放下，就這樣被安德魯又拖又拽地帶了出去，從富麗堂皇的宴會大廳消失了。

就在李傑被安德魯拉著拖出大廳的時候，艾蜜麗正在二樓一個燈光昏暗的角落，靜靜看著李傑一行人。

在若有所思沉默了片刻後，艾蜜麗轉身離開了昏暗的角落，重新出現在明亮的燈光下。這裏是自己的家，而自己卻沒有一點家的感覺。沒有和讓艾爾在一起的時候，那樣安心和快樂的意境。

和讓艾爾在一起，感覺周圍充滿了快樂。沒有什麼自己可以擔憂的。而在這裏，自己是康斯坦伯爵家的長女，要肩負起康斯坦伯爵一半的責任。艾蜜麗低頭看著自己華麗的禮服，目光有些黯淡。這樣的責任，對於一個少女來說是難以承受的。

艾蜜麗看著裝飾華貴的房門，用力捏緊了自己纖細的手指。指節由於用力而失去了血色，變得一片慘白。

終於，艾蜜麗還是鼓起自己的勇氣，輕輕地敲了一下門。厚重的門，從裏面悄無聲息打開了。

艾蜜麗走進去以後，臉色依然是一副快樂的樣子。就這麼靜靜地站在門口，許久沒有說話。

「艾蜜麗！」一位和艾蜜麗一樣有著紫羅蘭色眸子的老人，站在一副油畫的前面，看著她走過來。他和艾蜜麗擁抱著，紫羅蘭色的眼睛裏，充滿了關愛。

這位老人就是艾蜜麗的父親——康斯坦伯爵。斑白而又梳理整齊的頭髮，有些稀疏的眉毛下邊，是和艾蜜麗一樣的紫羅蘭色的眼睛。

這雙眼睛閃爍著剛毅而又果敢的目光，加上高聳的鼻樑，猶如刀片一樣的雙唇，散發著果斷與幹練。

「父親！」艾蜜麗只是淡淡地回應了一句，就再也沒有說話，對康斯坦伯爵的關愛，沒有給予父女間應有的回應。

「你長大了！」康斯坦伯爵看著站在自己眼前的女兒，由衷地發出了一聲讚歎。自己的女兒再也不是以前那個活潑而又調皮的小姑娘了。

雖然現在還是有那麼一點點的任性，不過那已經是習以爲常的事情了。對於艾蜜麗的任性，康斯坦伯爵也是沒有辦法，可能嫁了人，她的任性會有所改變吧？

以前就是這樣，那個憂鬱的詩人不知道是用了什麼方法，將自己的女兒迷戀得神魂顛倒。本來嫁入皇室的時間早已是定好了的。不過在她的堅決要求下，日期還是拖後了半年。

現在，詩人已經不在了，也應是時候了，今天晚上，自己就要宣佈女兒的終身大事。

艾蜜麗看著父親那充滿了喜悅的笑臉，依然微笑著。自己和父親約定的時間已經到了。一個美麗的夢就要結束了。自己將嫁入豪門，和那些自由的時光統統說再見了。不過有了讓艾爾留給自己的快樂，這一切，都不算什麼了。

艾蜜麗就這麼微笑著，靜靜地站著。對於父親對自己說了什麼，她一句話也沒有聽清楚，只是在回憶和讓艾爾度過的那一段快樂的時光。

康斯坦伯爵看到艾蜜麗快樂的樣子，便認為自己的女兒一定是在憧憬著結婚以後那幸福的時光。艾蜜麗在康斯坦伯爵說完了以後，便恭敬地退了出來，回到了自己的房間。

看著床頭擺放著的詩集，艾蜜麗將它們緊緊抱在懷裏，沒有說話，拚命忍住自己的淚水。

讓艾爾，你看到了麼?我還是很快樂!和你的希望一樣，我沒有哭泣!艾蜜麗輕輕地撫摸著詩集，喃喃說著。

這是和讓艾爾約定好的!從此以後，我再也不會哭泣，我要讓快樂永遠綻放在我的臉上。艾蜜麗紫羅蘭色的眸子裏，散發出一種堅定的目光。

門外傳來了一陣敲門聲。艾蜜麗知道，今晚的宴會，自己要以最美麗的姿態，出現在所有那些參加宴會的來賓面前。

艾蜜麗將手裏的詩集輕輕放下，眼睛裏充滿了關愛。她的動作是那樣的輕柔，彷彿自己手裏的詩集是讓艾爾虛弱的身體。

「您是今晚最漂亮的人呢！」給艾蜜麗梳頭的一個女傭，看著鏡子裏那個臉上浮現出無限快樂的艾蜜麗小姐，發出了一聲感歎。

最漂亮的人！是啊，自己將是今晚受人矚目的明星，是宴會的主角。讓艾爾，你看見了吧！艾蜜麗回頭看了一眼放在一旁的詩集，快樂的笑容，更加濃厚了。

這就是自己想要的麼？在以後的時光中，用讓艾爾帶給自己的快樂來消磨那些鎖在深宮裏的時間！將自己失去愛人的痛苦，永遠埋藏在心間。就這麼一輩子，將自己寶貴的年華全部浪費掉。

艾蜜麗看著詩集，緊緊咬住了自己的下唇。讓艾爾，你帶給我的快樂，是用自己的生命換來的！我不能就這麼浪費了它！

你帶給我的快樂，我不能就這麼消磨在漫無目的的旅遊、度假中去。我要把這無限的快樂，帶給每一個需要它們的人。

安德魯帶著李傑轉過一個又一個的拐角，來到了一個池塘的前面，就這麼有些出神地看著池水裏的倒影。

樸實的大理石立柱，基座裝飾著金合歡的花紋，柱子上的浮雕，充滿著古希臘的風格，使整個噴水池都顯露著一種古典的歐洲美。

李傑看著安德魯，就知道眼前這個胖子擔心的是什麼。他走過去，像剛才安德魯拍著自己一樣，用力拍著安德魯的肩膀。

「你放心，我只是擔心，沒有什麼大不了的！」李傑站在水池邊，和安德魯一樣看著自己的倒影。

艾蜜麗的宴會，究竟是一個什麼樣子的宴會，還一時說不清楚！如果是一場普通的宴會也就罷了，要是一場鴻門宴，那可就難辦了！

遠處宴會的燈光，漸漸地明亮了起來，客人的喧鬧聲，也斷斷續續傳了過來。不過，李傑和安德魯還是沒有動。彷彿這個宴會和他們毫不相干一樣。

李傑和安德魯這兩個宴會的主角，絲毫沒有作爲主角的覺悟，他們就這樣躲開了喧鬧的宴會，靜靜地躲在這個不引人注目的角落。

李傑回過頭，看著遠處喧鬧的宴會，撇了撇嘴，似乎想離開這個地方。不過他還不知道艾蜜麗究竟怎麼樣了。在原地躊躇了半天，他還是忍住了離開的想法。

安德魯看著李傑躊躇的樣子，十分誇張地舒了一口氣，轉身就坐在了水池的邊緣，看著李傑有些發呆的樣子。

「那個艾蜜麗葫蘆裏也不知道究竟裝的是什麼藥，邀請參加宴會，卻又不說是爲什麼，等來了，連一個面也見不上。」安德魯在一旁不停地發著牢騷。

「走吧！」李傑看著安德魯發牢騷的樣子，覺得有些好笑。想看看艾蜜麗，不在宴會的大廳裏待著，非要跑到這個角落裏來，還嫌人不出現。誰見過宴會的主人專門挑選角落裏出現？

安德魯看著李傑的笑容，從水池的邊上站了起來，還順勢拍了拍他那佈滿肥肉屁股，就和李傑一起回到了宴會大廳。

看著大廳裏井然有序的人群，李傑和安德魯便意識到，宴會就快要正式開始了。他們很快找到了夏宇和于若然，幾個人站在一起，安安靜靜地等待著艾蜜麗的出現。

艾蜜麗很快地出現在二樓的樓梯口。猶如白瓷一般的膚色，淡金色的長髮在腦後綰了起來，細長的眉毛下，一雙紫羅蘭色的眸子，透露著無限關愛的目光。

一時間，幾乎所有的燈光都黯然失色，只剩下艾蜜麗周身散發出來的無限光芒。那微微翹起的嘴唇，此時正洋溢著幸福的微笑。

李傑只覺得自己一時有點口乾。以前見到艾蜜麗的時候，她的眼睛裏，總是一種關愛的目光。從來沒有見過艾蜜麗笑得這樣開心和快樂。她的笑容，彷彿可以融化所有的冰雪一樣，純淨而又熱烈。

艾蜜麗也看到了李傑他們，她的笑意更加濃厚了。舞會終於拉開了序幕。這是一段充滿了快樂和幸福的時光，拋棄煩惱和不開心，盡情地歡笑吧。

李傑依然靜靜地站在那裏，手裏是一杯安德魯挑選的香檳。他沒有邀請任何人跳舞，當然也包括于若然。

李傑只是安靜地看著臉上充滿了快樂的艾蜜麗，心裏琢磨著，她果真和以前不一樣了，現在的她，臉上再也看不到那種憂傷和痛苦了。

可是艾蜜麗爲什麼還要邀請自己呢？李傑端著酒杯，眼神掃過大廳裏的人，落在艾蜜麗那裏，看著艾蜜麗快樂的笑容，不停思索著。

艾蜜麗也看到了李傑，她只是隔著跳舞的人群，向李傑微微一笑。

李傑也看到艾蜜麗的笑容，將自己緊鎖的眉頭舒展開來，舉起手中的酒杯，給了艾蜜麗一個燦爛的笑容。

也許是自己多心了吧！李傑感到，這笑容便是艾蜜麗答應讓艾爾的事情吧。爲了滿足讓艾爾的希望，艾蜜麗將自己的悲傷永遠埋藏在了心底。

李傑終於放心了，端著自己的香檳，轉身去找安德魯。他要和安德魯商量一下抗愛滋病的藥物。

艾蜜麗看著李傑遠去的背影，嘴角泛起一絲值得玩味的笑容。這樣的笑容，李傑絲毫沒有注意到。

這世間的事情就是這樣奇怪，說要放下，卻怎麼也放不下。艾蜜麗便是這樣的一個人。讓艾爾在她的心中比什麼都重要，爲了讓艾爾的一個心願，她可以將痛苦暫時放棄。不過這個心願，卻又時時刻刻提醒著痛苦的存在。

開心和痛苦在困擾著艾蜜麗，她不知道自己應該痛苦還是應該快樂。保持快樂，完成讓艾爾的心願，就無法放棄痛苦。保持痛苦，就無法快樂，就沒有辦法完成讓艾爾的心願。

宴會已經進行了一半，康斯坦伯爵站了起來，走到了舞池中央。在舞池中翩翩起舞的名媛紳士，便一對對離開了舞池，樂隊也馬上停止了演奏。

「今天是父親的生日！」艾蜜麗幾步跑到舞池的中央，搶在康斯坦伯爵開口之前說了話，然後對大家微微一笑。

康斯坦伯爵看著自己的女兒，臉色閃過一絲疑問。他不知道自己的這個寶貝女兒，究竟想要做什麼。

「還有一個消息，我決定要去世界各地看一看！」艾蜜麗看著父親已經開始焦急的眼神，便又馬上說道。她不想讓父親說出自己將要嫁人的消息，便打算自己說出來。

「我的未婚夫，李傑先生將和我一起去！」艾蜜麗在說到「我的未婚夫」的時候，抬起白皙的手臂，遙遙指了一下李傑所在的位置。

聽到這個東方味十足的名字，大廳所有目光的焦點，都聚集在李傑幾個東方人的身上。

「李傑！」艾蜜麗站在舞池的中央，緩緩叫了一聲。紫羅蘭色的眼睛裏，充滿了歡樂和幸福。

看著艾蜜麗的眼睛，李傑也是一頭霧水。他不知道究竟發生了什麼事。不過從她那雙紫羅蘭色的眸子裏看不出什麼端倪。

艾蜜麗一臉幸福的微笑。就這麼笑瞇瞇看著李傑，快步走了過來，然後將纖細的手臂伸了過去。

李傑沒料到的是，艾蜜麗竟一下子就撲進了他的懷裏，更加要命的是，艾蜜麗還輕輕地將李傑摟住。

艾蜜麗將李傑抱住以後，還在李傑耳邊輕輕說：「李傑醫生，你要幫我一個小忙！」

整個大廳裏先是寂靜，然後是猶如火山爆發一樣的轟鳴。幾個記者馬上拿起自己的工具，開始將這個爆炸性的瞬間留在各自的底片上。

安德魯看著這一幕，腦子裏不比李傑清醒多少。艾蜜麗和李傑這是演的哪一齣啊？他在人群裏問了幾句，腦子就「轟」地一聲給炸開了。

完了！安德魯被打擊得支離破碎的腦子裏全是這個詞，都中了這個死妮子的計了！所有的事情都是一個圈套，今晚這個宴會，便是整個圈套最重要的一環，也是整個計畫的高潮部分。

讓艾爾已經不在了，艾蜜麗也沒有什麼理由繼續推遲自己的婚期。如果讓艾蜜麗嫁給一個自己不愛的人，那麼她一點不會快樂！這樣就會使讓艾爾最後的心願無法達成。按照這樣的理由，艾蜜麗是死也不會答應的。

如果艾蜜麗不答應，那麼伯爵會想盡一切辦法，讓艾蜜麗答應下來，使她按照自己安排好的道路來走。

於是，艾蜜麗選擇了一個大膽的想法，選擇一個自己不太熟悉，而又和伯爵沒有什麼瓜葛的人來當作自己的未婚夫。

艾蜜麗在這麼多的賓客面前，說出自己的未婚夫時，早已想到父親必然會顧忌到自家的面子，心裏有氣也不敢當眾反對。

即便艾蜜麗最終不會嫁給李傑，這樣或者那樣的謠言也會在今天所有的賓客裏傳開。以後沒有幾個人敢來向艾蜜麗求婚了。

這樣，艾蜜麗便達成了自己的願望——一個人獨守空房。這樣既可以擺脫伯爵給自己安排的婚姻，又可以看著讓艾爾的詩集，每天就這麼快樂下去。

真是一個絕好的計畫，完美無缺。安德魯看著李傑不知所措的樣子，心裏不住感歎：不是我們太笨，而是對手太聰明了！

癡情的女人果然是最可怕的！安德魯將自己的推論，反覆推敲了一遍，得出了這樣的一個結論。

被艾蜜麗摟著的李傑，也意識到了周圍賓客那異樣的眼神。他想從艾蜜麗的懷中掙脫，將整個事的前前後後向艾蜜麗問個清楚。

可是此時的艾蜜麗，又怎麼能忽略李傑那充滿疑問的眼神？她將李傑牢牢抱在懷裏，不給他掙脫的機會。

「艾蜜麗……」李傑低下頭，看著懷中的艾蜜麗，猶豫著是不是要把她使勁從自己的懷裏給推開。

就在李傑發愣的一瞬間，艾蜜麗迅速將臉貼了上來，似乎要貼在李傑的臉上，周圍的閃光燈，再一次閃了起來。

也許艾蜜麗只是把自己當作一個擋箭牌，擋箭牌就擋箭牌吧！反正已經代讓艾爾做了很多，也不在乎再多做這麼一件了！

安德魯看著李傑的樣子，心裏充滿了擔心。如果按照艾蜜麗所導演的這一切發展下去，那李傑可真是死定了。

醫生的職業是用來救人的，不是被人害的！

第九劑

貴族大小姐的擋箭牌

「謝謝你！我愛你！」艾蜜麗話音剛落，便上前一步再一次將李傑牢牢抱在懷裏。

那微微翹起的嘴唇充滿了誘惑，彷彿在等待著什麼。

李傑只覺得自己一時有點口乾。這是一個從來沒有見過的艾蜜麗形象。

她的笑容，彷彿可以融化所有的冰雪一樣，大膽而又熱烈。

目光裏的愛戀之意，竟是如此張揚。

李傑一時間傻了，竟有些把持不住。

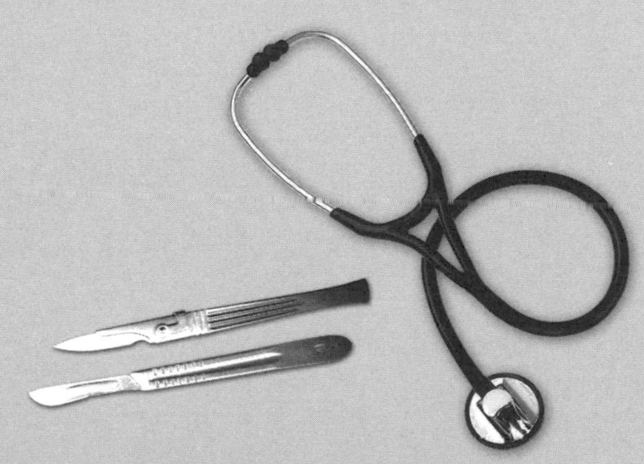

大廳裏所有的人，都看著舞池中的艾蜜麗和李傑。他們的眼神裏充滿了疑問，對於這個忽然出現的李傑，所有人都在問同一個問題：「這個人是誰？」

康斯坦伯爵也用同樣的目光看著李傑和艾蜜麗。除了同樣的疑問，他還有一個問題需要問艾蜜麗：「這個李傑和讓艾爾有什麼關係？」

在伯爵看來，艾蜜麗雖然和那個詩人關係有點曖昧，但是也沒有到談婚論嫁的地步，而艾蜜麗竟然當著這麼多人的面，承認李傑是自己的未婚夫！這裏面一定有些事是自己這個當父親的所不知道的。

作爲導演了這一切的艾蜜麗，臉上依然微微地笑著。一切都快要成功了，父親是不會當著這麼多客人的面，把自己和李傑拉開的。

只要他這麼做了，那自己成爲李傑的未婚妻這個消息，便會在宴會結束以後，像長了翅膀一樣四處飛散。

果然，和艾蜜麗想像的一樣，雖然康斯坦伯爵的臉色十分難看，但他也沒有當場發作，只是在一個僕人的耳邊叮囑了幾句，便招呼著一片驚訝的賓客繼續他們的宴會，然後便帶著艾蜜麗和李傑走上了二樓。

二樓一間裝飾樸素的房間裏，艾蜜麗乖乖坐在康斯坦旁邊，李傑則和安德魯、夏宇還有于若然坐在一起。

這是一間書房，周圍擺放著一直挨到屋頂的書櫃，書櫃上雕刻著精美的金合歡裝飾花紋。在房間的中央，幾張有著高靠背的椅子整齊地擺放著。

李傑現在可沒有什麼閒心對伯爵那擺滿藏書的書櫃發表任何的讚揚，他要把這一切都給伯爵講清楚。

李傑從自己第一次見到艾蜜麗的時候講起。在最開始的時候，康斯坦伯爵回憶了一下，自己確實是和眼前的這個東方人有過一面之緣。不過，自己也沒有怎麼留意這個穿著一身白大褂的醫生。

李傑的這個故事很長，時間在一點點過去。不過，康斯坦伯爵還是一字不落地聽完了整個故事。

康斯坦伯爵看著自己的女兒，原先有些惱怒的神情，現在有了那麼一點點的鬆懈。自己以前總是對艾蜜麗的生活很照顧，卻完全忽視了她的感情。

爲了家族的前程和榮譽，要將女兒嫁給一個無法愛上的人，讓她從此以後遠離幸福和快樂。那份孤獨和傷心，自己也能想像得到。怎麼說艾蜜麗都是自己的女兒，那份父女之間的感情是無法用地位和榮譽換來的！

「艾蜜麗，把讓艾爾的詩集拿來好麼？」康斯坦伯爵緩緩地說道。

艾蜜麗看著父親，猶豫了一下，便很快地點了點頭。她知道，父親這麼說，除了想看讓艾爾的詩歌，還有要把自己支開的意思。

等艾蜜麗走出去，緩緩地將門關上，安德魯和其他幾個人，也找了一個理由離開了。他們知道，康斯坦伯爵需要和李傑單獨地談話。

李傑坐在康斯坦伯爵的對面，不知道這個老人要和自己說些什麼。康斯坦伯爵用關愛的目光看著眼前這個東方來的小夥子，久久沒有說話，似乎在醞釀著什麼。

「伯爵先生……」李傑有些躊躇地說了一句。在他看來，自己該趁早推掉「艾蜜麗的未婚夫」這個名號。

康斯坦伯爵揮了揮手，制止了李傑。對於李傑的想法，他已經從剛才李傑敘述事情的過程中聽出了一絲端倪。

「醫生，艾蜜麗現在還需要你的幫忙！」康斯坦伯爵的話一出口，反而讓李傑有點丈二和尚摸不著頭腦的感覺。

艾蜜麗現在還需要我幫什麼忙啊？光是幫讓艾爾這個悲情文學家，就夠我忙的了！再說了，我已經幫艾蜜麗演完了一齣戲，難不成還讓我繼續演？我的職業是醫生，不是演員！李傑心裏暗自嘀咕著。

「艾蜜麗是一個需要照顧的人，小的時候，我們可以照顧她，不久前有那個詩人，今後就要靠你了！」康斯坦伯爵看著李傑那漆黑的眼睛，緩緩說出了自己的想法。

讓我來照顧艾蜜麗，還是今後？李傑細細品味這句話，越品越不是個滋味。怎麼像是岳丈給自己的姑爺交代任務一樣？

「不行，不行！」李傑也顧不了什麼了，站起來，急忙搖著手說。自己這一次是幫艾蜜麗的，可沒有攀龍附鳳的打算。

康斯坦伯爵對於李傑的拒絕也沒有說什麼。

看著康斯坦伯爵的笑容，李傑坐了下來。他不知道眼前這個渾身上下散發著果斷與幹練的老人，究竟在想著什麼。

「艾蜜麗現在一定很傷心！」康斯坦伯爵看著門口，似乎是在望著艾蜜麗的背影，眼神裏也有悲傷。

是啊！艾蜜麗失去了心愛的人，剩下的時光，只能靠回憶來填補快樂。李傑回想著艾蜜麗抱緊讓艾爾留給她的詩集時候的樣子。在那個時候，艾蜜麗的悲傷是寫在臉上、留在眼睛裏的。而現在，她的悲傷是刻在心裏的。

「她需要換一個環境！」這是李傑的想法，對於艾蜜麗來說，要消除悲傷，最有效的方法，就是離開這個讓自己感到悲傷的地方。

「有的時候，我們這些父母辦不到的事情，朋友卻可以辦到！」康斯坦伯爵說這句話的時候，指了一下李傑。

怎麼辦？我又不是一個全才！李傑心裏嘀咕了一下。不過，對於康斯坦伯爵的話，他還是挺贊同的。

「所以……」康斯坦伯爵沒有將後面的話說出來，他的意思很明顯，讓李傑這個被艾蜜麗選中的人來幫助自己。

李傑也聽出了康斯坦伯爵話裏的意思，幫助艾蜜麗走出悲傷倒是可以，不過他不想成爲唯一那樣的人。

康斯坦伯爵看著眼前這個東方小夥子，目光意味深長。在他眼裏看來，這個李傑似乎是唯一一個可以幫助自己女兒的人了。

難道是艾蜜麗除了自己就沒有什麼朋友了麼？看著康斯坦伯爵的眼神，李傑在心裏留下了一個大大的問號。

難道是因爲自己的條件？李傑開始在心裏翻自己的家底兒。似乎除了醫生這個名號叫得比較響亮一點，自己就沒有什麼特別的優點了！

醫生？艾蜜麗現在需要的是一個心理醫生！李傑向康斯坦伯爵大膽地提出了一個建議。他認爲，如果有一個心理醫生在艾蜜麗身邊，要比自己在艾蜜麗身邊照顧她好得多。

對於李傑的這個建議，康斯坦伯爵沒有答應。心理醫生只能起一個治療的作用，而艾蜜麗的悲傷是無法治癒的。

只有在朋友的幫助下，她才可以走出悲傷。既然這個醫生對艾蜜麗瞭解得不少，那也是一個不錯的朋友。

看著康斯坦伯爵一再堅持，李傑算是答應了下來，艾蜜麗的悲傷，他能起到的作用也不是很大，最主要的還是要靠艾蜜麗自己來解決。

「父親。」艾蜜麗敲門走了進來，手裏拿著幾本詩集，眼神裏充滿不捨。

康斯坦伯爵看著艾蜜麗的樣子，只是接過了一本，緊緊拿在手裏，似乎這是一件無價的寶物一樣。

「艾蜜麗，你就和李傑醫生一起出去散散心吧！」康斯坦伯爵擁抱了一下艾蜜麗，在她耳邊輕輕說著。

當艾蜜麗聽到父親的這句話，紫羅蘭色的眸子裏，一下就充滿了光芒。康斯坦伯爵看著女兒開心的樣子，轉身離開了。

李傑看著艾蜜麗高興的樣子，打算和艾蜜麗說清楚，自己只是應康斯坦伯爵的要求，做艾蜜麗的一個普通朋友。

既然和艾蜜麗說清楚了，那就不怕這個內心悲傷、外表快樂的艾蜜麗再做出什麼出格的事情來。

艾蜜麗靜靜聽完了李傑的話，沒有說什麼，只是點了點頭，便跟在李傑的後邊下了樓。

當李傑回到酒店，敲響房間門以後，裏面傳來安德魯一聲巨人的咆哮：「回去找你的那個未婚妻！」

接著，任憑李傑如何敲門，安德魯連話都懶得搭理了，他一聲不吭，就好像是在裏面睡著了一樣。

對於安德魯的這種表現，李傑也沒有氣餒，依然非常賣力地敲著門，似有此門不開誓不甘休的樣子。

回艾蜜麗那裏去？李傑思考了半天，還是放棄了這個想法。自己本來就是要給安德魯解釋的。現在回去，豈不是讓安德魯更加生氣了。

於是李傑就這麼在門外枯坐了一夜，安德魯也就是一時的生氣，只要解釋清楚了，就沒有什麼事。天快亮的時候，他終於沒有堅持住，昏昏地睡了過去。

當李傑睜開眼睛的時候，發現自己正躺在自己的房間裏。床邊的椅子上，安德魯怒氣沖沖地看著自己。

「不是我把你放進來的！」安德魯看著李傑充滿了疑問的樣子，生氣地斷然否決了李傑的想法。

「打算給我什麼理由？」依然是那樣的一臉怒氣，安德魯對李傑有很大的不滿。既然已經知道是一個陷阱了，還要往裏面跳，見過傻的，沒有見過這麼傻的！

李傑看著安德魯，咂了一下嘴，然後就坐在床沿那裏不動了。看著李傑發呆的樣子，安德魯也沒有說什麼。他在等李傑的解釋，或者是李傑的辯解。

室內一下子陷入了一片沉寂之中。室內的空氣也分外地寧靜起來，似乎連掛鐘走動的聲音也消失了。

「艾蜜麗需要幫助！」在沉默了半天以後，李傑終於鼓足勇氣說出了這麼一句沒頭沒腦的話。

安德魯聽到李傑的這句話，心裏的怒火騰地一下子就著了起來。不過他並沒有發作，只是靜靜地看著李傑。

李傑被安德魯這種目光盯得滿腦門汗，在歎了一陣子氣以後，便停止了自己的這種表現。

「安德魯，你的擔心我都知道！」李傑黯然地說。

李傑在說完這些話以後，便又是一陣子沉默，有些發呆地看著坐著的安德魯。

對於李傑的這種沉默，安德魯有些不以爲然，似乎李傑的沉默是一種逃避。

「李傑，你……」看著李傑的沉默，安德魯坐在椅子上，挪動了一下自己那肥碩的屁股，猶豫了半天，終於將自己的顧慮說了出來。

最後，安德魯還說出了自己的擔心：那個艾蜜麗絕對不簡單！

李傑對於安德魯的擔心，也是有所顧忌的，那個艾蜜麗可以爲了不嫁入豪門，給自己下套，就不簡單！

就在昨天宴會以後，李傑已經答應了伯爵。不過李傑也暗暗地下了決心，只有兩個月，不管你艾蜜麗是什麼樣子，一定要找一個理由，要把這個危險的貴族大小姐，給送回去。

李傑正在琢磨此事時，聽到了輕輕的敲門聲。他打開門，發現敲門的竟然是艾蜜麗。

艾蜜麗一反往常的裝束，淡金色的長髮披在肩上，一件低胸藍色的晚禮服襯托得她白瓷一般的膚色更加奪目。在細長的眉毛下，那雙紫羅蘭色的眸子，已經看不到憂傷。她的臉蛋紅得誘人，眼裏全是嫵媚。一時間，屋內幾乎所有的陳設都黯然失色，只剩下艾蜜麗周身散發出來的無限光芒。

「謝謝你！我愛你！」艾蜜麗話音剛落，便上前一步再一次將李傑牢牢抱在懷裏。那微微翹起的嘴唇充滿了誘惑，彷彿在等待著什麼。

李傑只覺得自己一時有點口乾。這是一個從來沒有見過的艾蜜麗形象。她的笑容，彷彿可以融化所有的冰雪一樣，大膽而又熱烈。目光裏的愛戀之意，竟是如此張揚。李傑一時間傻了，竟有些把持不住。

「艾蜜麗……」李傑低下頭，看著懷中的艾蜜麗，猶豫著是不是要把她從自己的懷裏推開。就在李傑發愣的一瞬間，艾蜜麗迅速將臉貼了上來，似乎要貼在李傑的臉上。那女性特有的幽香讓李傑想起了石清，他心裏猛地一驚，自己認下「未婚夫」這個對外名分目的在於助艾蜜麗去除心病，可不能借機犯錯。他頓了一下，拚力將艾蜜麗推開。

「兩個月！只有兩個月！」李傑看著安德魯放下心來的樣子，豎起了自己的兩根手指，向安德魯晃了一下。

「兩個月！」安德魯撇了撇嘴，似乎考慮了一下，從椅子上站了起來，在屋子裏來回走了幾圈。

看著安德魯有些難辦的樣子，李傑心裏也有點懸了。畢竟那個看似無害的危險貴族大小姐，留在誰的身邊，誰都有點不放心。

安德魯一邊在屋子裏走著圈，一邊嘴裏還不停念叨著。兩個月，誰知道這兩個月的時間，會發生什麼事。

兩個月的時間不算長，但是也不算太短！如果在這段時間裏，那個艾蜜麗再和這一次一樣，使出一點小手段，那麼到時候，受害的還不是李傑這個傻小子。

「李傑，我還是很擔心！」安德魯在床邊轉悠了幾圈以後，停下來看著李傑戚然的樣子，緩緩地說了一句。

「我知道！」李傑握緊了自己的拳頭，幾乎是從牙縫裏擠出了這樣的一句話。就目前的情況來看，艾蜜麗這個危險的貴族大小姐，已經是甩不掉了。

目前最重要的問題就是，如何使自己離艾蜜麗遠一點，他不敢保證，哪一天被艾蜜麗給賣了還幫她數錢。

「你最好離艾蜜麗遠一點！」安德魯看著李傑一臉下了狠心的樣子，也是十分關心地給了他一個建議。

對於安德魯的這個建議，李傑點了點頭，就沒有再說些什麼。眼神憤恨地看著雪白的牆壁，心裏盤算著，用什麼藉口離這個危險品遠一點。

「咱們可以用生病這個藉口！」安德魯瞧著李傑的樣子，顯然知道他在想什麼，便有些狡猾地閃了幾下眼睛。

生病？李傑仔細地琢磨著。要李傑自己生病，那顯然是不可能的。艾蜜麗現在也不是一個病人。

不過，艾蜜麗現在的樣子，就是沒有什麼生理上的疾病，到時候給她做一個心理診斷，安上幾個心理疾病倒是輕輕鬆鬆。

李傑抬頭看著安德魯，眼裏的得意一個勁地往外冒。艾蜜麗既然先給我下套，那我就名正言順地給你安個病。

安德魯看著李傑興奮的樣子，嘴角不經意地流露出一絲嘲諷的微笑，看來，李傑也和自己的想法是不謀而合的。

既然艾蜜麗你先不仁，也不要怪我們這幾個受害者不義了。如果還想拉李傑下水，那離水遠一點總可以吧。

既然已經確定了如何防止艾蜜麗下套的大體方針，就要再進一步地完善這個計畫，要確保這個計畫萬無一失。

爲了不讓艾蜜麗再有什麼想法，首先要確定的是，艾蜜麗是一個病人。這樣在以後萬不得已的情況下，和艾蜜麗在一起的時候，就可以用這個藉口。

至於其他的時間，用病人需要修養這個理由，能離艾蜜麗多遠，就離她多遠，而且不能帶有一點點的個人感情，就按照醫生對病人的態度。

雖然對艾蜜麗有點可憐的感情在裏面，不過李傑想到之前被那個大小姐給下了套，心裏就一個勁地不舒服。

雖然李傑是一個醫生，但絕對不是一個沒有什麼底線的醫生。治病救人是一個醫生的職責所在。但是救人，也不能把自己給陪進去。李傑想著自己一步步地走進了艾蜜麗的陷阱裏面，也是有那麼一點點的後悔。

自己救了那個悲情的詩人，但卻不是什麼擋箭牌，就算是一個擋箭牌。也只做安德魯這類自己的好朋友的擋箭牌，絕對不做什麼貴族大小姐的擋箭牌。

看著李傑有點憤恨的樣子，安德魯的心算是真真正正地放了下來，以後就不用再擔心那個艾蜜麗對李傑下套了。

安德魯和李傑在屋子裏商量了整天，終於將艾蜜麗的「治療」計畫給商量地差不多了。

看著自己寫的那幾條協定，李傑一直緊鎖的眉頭，終於有點鬆懈了。安德魯也是唧唧呱呱地說了一天，就像被抽去了骨頭一樣，四肢攤開地躺在床上。

不過安德魯嘴角微微翹起的笑容，還是掩飾不了那異乎尋常的得意。很顯然，安德魯對於自己和李傑制定這個「治療」計畫很是滿意。

李傑將手裏的「治療」計畫端詳了幾遍以後，拉起躺在床上的安德魯就迅速地趕到了伯爵的府邸。

還是在那個書房，頭髮斑白的康斯坦伯爵穿著一身很隨便的衣服，笑眯眯地接待了李傑和安德魯。

李傑看著那雙和艾蜜麗一樣的紫羅蘭色的眸子，在椅子上挪動了一下，將寫好的「治療」計畫，遞給了伯爵。

康斯坦伯爵接過李傑寫的「治療」計畫以後，認真地看了起來。在看的過程中，一句話也沒有說。

看著伯爵的樣子，李傑坐在對面也是什麼也不說，就像是即將走進刑場的表情。

李傑和安德魯要說的，已經在那張「治療」計畫上寫得詳詳細細了，上面基本上是對艾蜜麗小姐的要求。

至於坐在面前的這位伯爵怎麼想，那是他自己的事情。李傑和安德魯只管治療，其他的什麼都不管了。

不管這個伯爵同意還是不同意，李傑和安德魯都有的是辦法。

同意這份「治療」計畫，李傑和安德魯就好辦了，按照這個計畫，艾蜜麗就是有天大的本事，也奈何不了李傑。

不同意，那更好！這正合了李傑和安德魯的本意。要是伯爵不同意的話，李傑和安德魯就拍拍屁股走人。

離開這個地方，離開法國，丟下艾蜜麗，她自己是哭是笑，就與李傑和安德魯沒有半點關係了。

不過，李傑和安德魯更加希望伯爵不同意。要是這樣的話，可以說就永遠離開了那個危險品小姐。

拿著這張「治療」計畫，康斯坦伯爵很顯然有點激動，在他的眼裏，這兩個東方醫生似乎都是可以治療百病的醫生。

對於艾蜜麗和李傑之間的關係，這個伯爵顯然不是很清楚。一個突然出現的東方人，就這麼在自己女兒的一陣瞎倒騰之下，莫名其妙地成了自己未來的女婿。

要是流傳出去，那這個伯爵的臉面還往哪裏放！對於女兒的這種任性行爲，就當是一個小小的風波。

計畫也就是利用這次的機會，讓那個瘋瘋癲癲的艾蜜麗也出去散散心。伯爵看著手裏的「治療」計畫，手微微地顫動了一下。

李傑和安德魯都注意到了伯爵手上的這個輕微的動作。不過他們並沒有顯現出非常高興的樣子。

既然已經都知道結果了，還高興個什麼啊！不管接受這個「治療」計畫也好，拒絕這個也罷，反正結果對於李傑和安德魯來說都是差不多的。

對於康斯坦伯爵來說是有得選，接受這個計畫或者拒絕。對於李傑和安德魯來說，那就是沒得選。

不管怎樣，都是離艾蜜麗小姐遠一點，不過就是離開的距離不一樣罷了。

「這個……」伯爵指著「治療」計畫中的一項，臉上充滿了疑問。

對於伯爵的疑問，安德魯立即向康斯坦伯爵解釋了。

安德魯對康斯坦伯爵解釋得十分詳細，爲了防止這個伯爵又有什麼不懂的，安德魯還將剩下的幾項條款也都一一解釋了。

對於安德魯這種敬業的行爲，李傑也沒有說什麼，依舊繃著一張撲克臉，來顯示自己的高深。

康斯坦伯爵則是一臉虛心請教的樣子，看來艾蜜麗在李傑他們沒有來以前，就十分讓康斯坦伯爵頭疼，這下終於有個醫生來幫助自己的女兒做「治療」，他的心裏也十分高興。

爲了自己的寶貝女兒著想，康斯坦伯爵選擇了接受李傑和安德魯的這個「治療」計畫，對於這個計畫之中的各項條款，也都全部同意了。

走在回酒店的路上，李傑的心情那叫一個舒服啊！當初自己也不知道是哪根筋不對勁，接下這麼個活計，要不是安德魯給自己幫忙，那李傑可就倒了大楣了。今天，要請安德魯好好大吃上一頓法國大餐。

「安德魯……」當李傑美滋滋地回過頭的時候，發現安德魯的臉上，並沒有十分高興的笑容。

「安德魯！」看著安德魯出神的樣子，李傑又叫了一遍，心裏還嘀咕了一下，這個胖子今天是怎麼了？

「哦……」聽到李傑的叫聲之後，安德魯才反應了過來，擠了幾下眼睛。

「你還在擔心艾蜜麗啊？」安德魯看著李傑擔心的樣子，撓了幾下自己的頭皮，努力從臉上擠出了一絲笑容。

「沒什麼，只是忽然想起一件事情來！」安德魯努力掩飾著自己的表情，咂幾下嘴向李傑解釋道。

「安德魯……」李傑拍了拍安德魯的肩膀，有些焦急地向他問道。

李傑打算仔細向安德魯詢問一下，到底是出了什麼事情，可以讓這個胖子出現這樣的一副表情。不過，李傑剛開了一個頭，安德魯便擺了擺手，阻止了李傑的詢問。

看著安德魯阻止自己，李傑沒有多說什麼，只是站在安德魯身邊，沒有說一句話，就這麼和安德魯在大街上，兩個人面對面地站著。

安德魯看著李傑的樣子，也沒有說話，和李傑一樣，就這麼靜靜地站著。一時之間，兩個人一陣寂靜。

「走，去吃大餐！」在寂靜了片刻以後，安德魯有些勉強地微笑了一下，接著說了一句話，拉著李傑就走。

看著安德魯的樣子，李傑低下頭，頗有些無奈地皺了一下眉頭。這個安德魯真是有事情瞞著自己，不過他不願意說，那也沒有辦法。

也許是安德魯認爲還沒有到告訴自己的時候吧！到了那個時候，安德魯一定會告訴自己！李傑的心裏矛盾極了。

「一頓大餐！」看著李傑也沒有想追究下去的樣子，安德魯的表情瞬間又恢復了以前的樣子，還伸出一根手指頭，不斷在李傑的面前搖晃著。

「好！」李傑爽快地答應了下來。對於安德魯的勒索，李傑一向是從側面反擊的。不過，他還要抽出時間來，好好向安德魯問一下，究竟是有什麼事情瞞著自己。

看著在自己對面甩開腮幫子大嚼海鮮的安德魯，李傑只是緩緩端起自己面前的水杯，慢條斯理地喝著。

「那個，李傑……你也來嘗嘗！」安德魯看著坐在自己對面，從菜上來就壓根兒沒有動過刀叉的李傑，費力地將自己口中的食物咽了下去，用餐巾抹了一把，勸了一句。

李傑看著安德魯的樣子，將手中的杯子放在了桌上，苦笑了一聲，感覺自己絲毫沒有什麼胃口。

「那我可就不客氣了！」安德魯收拾完一個盤子以後，又將另外的一個盤子拉到了自己的面前。

這一頓大餐，吃得安德魯十分盡興，在回酒店的路上，還一股勁地嚷嚷，叫李傑下次再來請他吃上這麼一頓。

聽到了安德魯的話，李傑腦門兒上的汗立即落了下來：「還請你？再要請你，錢包裏的那些錢，可能還不夠你喝酒的。」

安德魯的臉微微泛著紅光，這是剛才被李傑灌了幾杯的結果。安德魯走起路來都有點晃蕩，跌跌撞撞地走在李傑的前面。

「來，李傑，看我給你走個直線！」幾杯價格不菲的紅酒下了肚，安德魯似乎醉得很嚴重。看著安德魯那肥胖的身影在前面搖搖晃晃的樣子，李傑的頭現在有點大了，也沒有喝上幾杯麼，怎麼醉得這麼嚴重？李傑嘀咕了一句，快步走到了安德魯的身邊。

「勸君更進一杯酒……」安德魯似乎醉得非常嚴重，就這麼站在法國街頭大聲叫喊著。

「安德魯，你喝醉了！」李傑將安德魯扶著坐了下來以後，向這個醉漢勸了一句。

「我沒有醉，沒有醉，請你不要同情我……」安德魯一邊唱著，一邊站了起來，大有一副酒精中毒的樣子。

今天這個傢伙到底是怎麼了？從伯爵府邸出來就有點不太對勁，先是嘴裏支支吾吾不肯說實話，現在又是喝了幾杯紅酒，就借著酒勁開始撒酒瘋！

「酒逢知己千杯少……」安德魯就這麼坐在李傑的身旁，深深吸了一口氣，開始宣揚起中國文化來。

李傑坐在安德魯的身旁，就這麼靜靜看著安德魯在那裏喊來喊去，也沒有勸阻，似乎連一點點勸阻的念頭都沒有。

「李傑，你是一個有本事的醫生！」突然，安德魯用自己肥碩的手掌，用力拍在李傑的肩膀上，差一點把李傑給拍趴下了。

「什麼？」李傑看著安德魯微微發紅的臉龐，有些不明白安德魯的意思。

「嘿嘿，我可是在誇你啊！」安德魯伸出自己的胳膊，給李傑來了一個結結實實的法式擁抱。

李傑被安德魯摟在懷裏，差一點就喘不過氣了，心裏還不斷地嘀咕：雖說法國是比較開放的，但是這個男人的擁抱，一時之間還難以接受。

「安德魯，你是不是有什麼事瞞著我？」李傑一臉嚴肅地問著眼前的這個胖子。

「臨行喝……」安德魯看著李傑的樣子，嘿嘿一笑，就這麼來了一嗓子，聲音傳得很遠，大有穿過幾棟建築物的樣子。

「還喝？」李傑有些氣惱地站了起來，甩開膀子就走，打算留下安德魯一個人在這裏繼續發酒瘋。

「我要去德國了！」安德魯看著李傑有點生氣的樣子，也站了起來，走到街道的中央，費盡力氣喊了一句。

「德國？」李傑看著站在街道中央的安德魯，還是不明白他的意思。去德國就去德國唄，我又不是不去。

把于若然和夏宇也帶上，不就可以了麼？有必要專門站在街道中央，喊這麼大的聲音麼？

可是夏宇呢？他不是要去美國做手術麼？怎麼現在又要去德國了？李傑想到這裏，看著安德魯的樣子，腦海裏全是問號。

安德魯看著李傑疑惑的樣子，走過來摟著李傑的肩膀。在街道昏暗的路燈下，李傑看不清安德魯的表情。

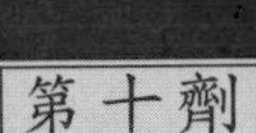

海盜船計畫

「李傑，夏宇這麼拖下去也不是一個辦法！」葛雷比爾說出了自己的看法。

「你有什麼好辦法？」李傑認真地問了一句，現在最主要就是要確定夏宇的病灶。

「看！」葛雷比爾從牛仔褲兜裏抽出一張紙，

在李傑的面前晃了幾下，那個得意的樣子，彷彿是自己中了幾百萬美元的彩票一樣。

李傑一把將葛雷比爾手裏的那張紙搶了過來，

只見紙上龍飛鳳舞地畫著一行字——「海盜船計畫」，除此之外就再也沒有什麼了。

這個名字也有點過於驚世駭俗了！

李傑看著紙上的字，頭上的汗水不停地往下流！

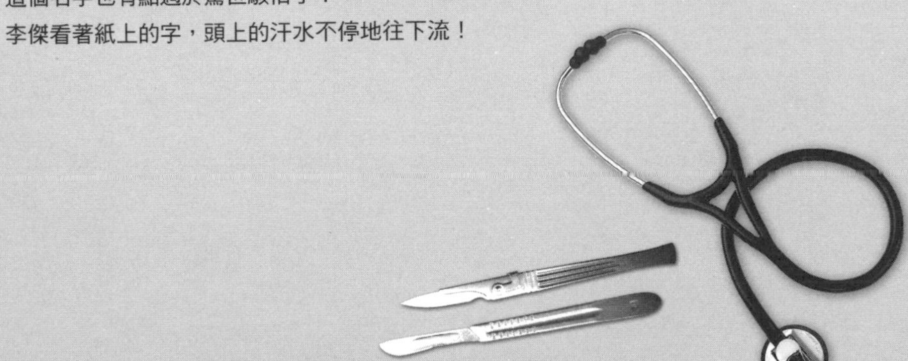

在回酒店的路上，李傑和安德魯還是那樣摟著，安德魯一邊扶著李傑，一邊在嘴裏大聲叫喊著。

對於安德魯的喊叫，李傑也沒有過多說什麼。當安德魯喊到高興的時候，李傑也時不時來上這麼一嗓子，兩個人就這麼一唱一和地回到了酒店。

發洩夠了，也舒服了不少，李傑滿身大汗地將安德魯這個胖子扔到了客廳的沙發上，便進去洗了個澡。對於安德魯說他要離去的消息，李傑還是沒有辦法在短時間內接受。

想當初，自己和安德魯見面以後，都覺得對方很合自己的胃口，不能說是臭味相投吧，也是興趣相同。

不過，這個傢伙如今要離開了，李傑心裏還是有那麼一點點捨不得。安德魯走了，到什麼地方去找這樣一個曾經幫自己不少忙的傢伙？

當李傑從裏面出來的時候，發現被自己扔在沙發上的安德魯彷彿蒸發了一樣，已經不知道消失到哪裏去了。

消失就消失了吧！也許又是想到了安德魯那喜好美食的特點，李傑看著空空蕩蕩的沙發，嘴角露出微微的笑意。

李傑看著窗外的夜空，心裏頗有些沉重。安德魯現在已經要離開了，不知道下一個離開的又是誰。

門被人從外面用力推開了，李傑沒有回頭，因爲他從推門的聲音就知道，那個胖子安德魯回來了。

「死胖子你還知道……」李傑從沙發上跳了起來，打算向那個不知道跑到哪裏去享受美食的安德魯問罪，不過他喊了前面的半句，就將後面的幾個字硬生生地憋了回去。

安德魯站在那裏，他的身後還跟著一個人，這個人是不會讓李傑發多大的火的。

「于若然，你怎麼來了？」李傑問了一句。

剛問完這句話，李傑就有抽自己幾下的衝動。

于若然紅著眼睛，局促地站在安德魯的身後，眼巴巴地看著李傑，搓著兩隻小手，一句話也沒有說。

看著于若然的樣子，李傑用充滿疑問的眼神，有些無辜地看著安德魯，想從安德魯那裏知道，于若然究竟是怎麼了？

安德魯兩手一攤，示意自己什麼也不知道，還用更加無辜的眼神死死看著李傑，顯得自己非常無辜。

對於安德魯這種無辜的表示，李傑心裏恨恨地想著，本大爺剛才那一頓海鮮，都白餵這個白眼狼了。不過眼下最終的問題，不是找這個肥得渾身流油的白眼狼的晦氣！得先把眼前這個顯然哭過的于若然給勸一勸。

「那個，那個……」對於勸一個剛剛哭過的女孩子，李傑沒有絲毫的經驗，只是一個勁地站在沙發前面，搓著自己的兩隻大手，顯得非常手足無措。

看著李傑手足無措的樣子，安德魯顯得非常難受。他不是為李傑感到難受，而是他看到李傑的那個樣子，想拚命忍住自己嘴角的大笑，憋得十分難受。

不過安德魯最終還是憋住了自己的大笑，畢竟在一個剛哭過的女孩子面前「哈哈哈哈」地大笑，是一種非常不禮貌的行為。

「李傑，你……」安德魯關上了門，拉著于若然坐在了沙發上，拍著一直有些癡呆的李傑的肩膀，搖了搖頭，歎了一口氣，就轉身竄到了李傑的房間裏面。

李傑看著自己房間那虛掩著的門，不用想，安德魯這個傢伙肯定把自己的耳朵支在門後面偷聽。

「沒義氣！」李傑暗暗在心裏發了一句牢騷。不過他打算還是等安慰了于若然以後，再去收拾那個沒有義氣的安德魯。

「那個，于若然……」雖然是剛喝了水不久，李傑還是感覺有點口乾舌燥，哼哧了半天，才從嘴裏擠出這麼幾個字，就再也說不出個子丑寅卯了。

于若然腫著微微發紅的眼睛，低著頭，靜靜地坐在沙發上，嚅囁著嘴。她兩隻手放在腿上，一句話不說。

屋子裏一時陷入了尷尬的寂靜之中，只有鐘錶在那裏「滴滴答答」走動著，向房間裏面的兩個人和躲在不遠處偷聽的安德魯提醒時間在一分一秒地過去。

于若然今天的打扮很普通，半長的頭髮隨意披在肩膀上，沒有任何的頭飾，素色的短袖女式上裝，露出兩截玉潤的手臂。

由於于若然一直是低著頭，李傑從她進來，就無法看清于若然臉上的表情。只是在她剛一進門的時候，看到了她有些紅腫的眼睛。

「李傑……」

「于若然……」

兩個人幾乎是同時打破了室內尷尬而又寂靜的氣氛，對於這樣的情況，李傑努力讓自己看起來很平靜。

「你先說吧！」李傑有些不好意思地撓了撓頭，尷尬地笑了一聲，把首先發言的權力讓給了于若然。

「我要和安德魯去德國！」于若然抬起頭，腫著一雙微微泛紅的眼睛，搓著兩隻手，咬著下唇，從小巧的嘴唇裏擠出了這樣的一句話。

李傑聽到這句話的時候，第一個反應就是：難道是那個該死的危險品貴族小姐讓于若然生氣了？

「那個艾蜜麗的事情，我已經和安德魯解決了！」李傑站了起來，顯然是十分激動，有些慌忙地向于若然解釋著。

聽著李傑慌忙的解釋，于若然心裏也是微微一動。看著李傑有些焦急的樣子，她白皙的小臉似乎有些泛紅。

不過，于若然似乎是怕李傑看到自己臉紅的樣子，又飛快低下頭，坐在那裏，繼續搓著手。

李傑看了一眼自己房間的門，感覺它似乎微微動了一下，心想安德魯，你一個人去德國就去唄，還要拉著于若然，真是不把你揍一頓，我自己都有點對不起自己了。

「李傑，我要去德國學習。」可能是于若然看到了李傑那有些焦急的樣子，聲如蚊蠅地說了一句。

李傑看著于若然的樣子，心裏面有點捨不得。于若然對自己的感情，李傑也是知道的，不過，既然她要去學習，李傑一時間也找不出什麼理由來反對，只得將安德魯這個罪魁禍首在心裏狠狠修理著。

「那個艾蜜麗……」李傑打算將艾蜜麗的事情，詳詳細細向于若然解釋一下，如果不是因爲那個危險品的話，于若然也不會這麼快就離開自己。

「安德魯已經跟我說了！」于若然還是那樣聲音小小地向李傑說。在艾蜜麗這件事情上，她和李傑一樣，也是受害者。

李傑看著于若然的樣子，心裏開始犯難。既然是和安德魯在一起，李傑也沒有什麼不放心的。

不過，對於于若然對自己的感覺，李傑那根木頭一樣的神經，還是有點不一樣的感覺。于若然靜靜地坐在李傑的對面，將頭深深埋在胸前，心裏有些怯怯的。從安德魯給她說了艾蜜麗的事情以後，于若然就一直不敢直視李傑。

在得知宴會上發生的事情以後，于若然的心裏就一直放著一塊沉重的石頭，壓得她一直都喘不過氣來。

不過就在剛才，臉色微微泛紅的安德魯，敲開房門以後，大聲叫嚷著：「艾蜜麗結束了！」他將整件事情的經過完完全全告訴了于若然以後，她才覺得，自己心裏的那一塊石頭已經消失得無影無蹤了。

李傑看著坐在對面的于若然。她還是坐在那裏，一個勁地搓著自己的雙手，就好像是搓手可以搓出什麼話題一樣。

「于若然，我……」李傑想了半天以後，總算是憋出了這麼幾個字，不過也就只有這麼幾個字。

在說完這幾個字以後，李傑又一次地陷入了沉默，坐在那裏不發話了。他在心裏思索了好一陣子，總算找到了一個不算太糟糕的話題。

「那個艾蜜麗……」李傑將自己和艾蜜麗的事情，詳詳細細地講了一遍。雖然從于若然口中得知，安德魯已經講了一遍，不過李傑還是不放心。

對於李傑再一次講艾蜜麗的事情，于若然也沒有什麼過多的反應，只是和剛才一樣，靜靜地坐在李傑的對面，聽他講了一遍。

于若然一邊聽著李傑的敘述，一邊在心裏暗暗地回想著自己和李傑度過的點點滴滴。

李傑一臉鬱悶地看著微微發笑的于若然，心裏在一個勁地嘀咕。這個丫頭是怎麼了？艾蜜麗的故事很可笑麼？

看著于若然的樣子，李傑解釋的願望也不是那麼強烈了，現在解釋已經不是李傑心裏的第一個任務了。問清楚眼前的這個小丫頭心裏想些什麼，成了鬱悶的李傑想要深究的問題。

「你……」李傑看著于若然，努力將自己的心情平靜了下來，忍了半天，表情僵硬地問了一個字。

「我，我在聽你的故事啊！」于若然不敢抬頭，怕李傑看到自己紅腫著眼睛、臉色微微發紅的樣子。

于若然的這個回答，讓李傑一時也不知道該擺出什麼樣子的表情來。按照道理來說，于若然應該是一副默不作聲、聽李傑解釋的樣子。

可是現在，于若然似乎是在回想著什麼讓她高興的事情一樣，一張小臉上腫著一雙眼睛，還在微微笑著。

「故事？」李傑的腦子裏全是這個詞，心裏感到一陣失落。自己費了半天的勁，在這裏詳詳細細地解釋，現在成了一個故事。

于若然從眼角偷偷地看著李傑石板一樣的面部表情，坐在那裏，一動也不動，似乎還在等李傑的那個「故事」。

過了一陣子以後，于若然發現，李傑並沒有繼續講述，便微紅著臉，緩緩地抬起頭來，打算看看李傑在做什麼。

當于若然抬起頭，看見李傑那雙眼睛的時候，彷彿又回到了那個陽光明媚的下午，回到了圖書館的角落。

彷彿自己眼前的李傑，不是一個手術技術聞名的醫生，而是一個天天蹺課、被自己跟蹤的不良學生。

看著眼神有點迷離的于若然，李傑也有點沒有繼續詢問下去的心思了。對於于若然的表情，他也不想多說什麼。

坐在沙發上回憶往昔歲月的于若然，有點癡癡呆呆地收回了自己的思緒，卻一眼看到坐在對面的李傑用一種非常奇怪的眼神看著自己。

看著李傑的表情，于若然的心微微一跳，便低下頭，躲開了李傑的目光，將頭埋在自己的胸口。

李傑看著于若然躲開自己目光的樣子，有些不甘心。對於她今天的種種表現，李傑覺得非常奇怪。

「那你打算在德國待多久？」李傑看著于若然的樣子，咬了一下牙根，努力問出了這個問題。

「兩年。」于若然低著頭，聲音細細地說了出來。

兩年！李傑聽到這個時間，在心裏將安德魯詛咒了不下一百遍。

安德魯，你個死不死的，把于若然拉到你身邊也就不和你計較了，竟然還是那麼長的時間！看我怎麼收拾你！

對於李傑在心裏對安德魯的詛咒，于若然當然不知道。她抬起頭來，鼓足了勇氣，看著眼前的這個人。

李傑看著于若然的樣子，沒說什麼，只是挪到她身邊，似乎想說什麼，在那裏囁嚅。

看著李傑的樣子，于若然知道，李傑是想勸自己留下來，只是不便開口罷了。

李傑在心裏尋找著說服于若然留下來的理由，找了半天，理由一個沒有找到，藉口倒是不少。

安德魯那裏學不到什麼東西？這個理由馬上就被李傑給否決了，安德魯那可是名氣不小，跟他學不到的話，那真是這個世界上沒有什麼還可以學的了！

于若然你跟我學？這個理由簡直就是赤裸裸的藉口，還不如右手拿著一把玫瑰，左手拿著戒指，然後單膝跪下，說：「于若然你嫁給我吧！」

抓耳撓腮的李傑想了半天，滿腦子都是一些藉口，根本沒有一個可以稍微站得住腳的理由。「理由，理由……」李傑坐在于若然的旁邊，一邊嘴裏低聲念叨著，一邊用手撓著自己的頭皮。

讓李傑感到可惜和痛苦的是，自己的頭皮不是老家那一塊地，撓了半天，也沒有撓出一個讓于若然留下的理由來。

李傑、夏宇他們站在登機處，看著來來往往的人群，一個個都沒有說話，眼睛裏面流露出來的不捨異常明顯。

和于若然站在一起的安德魯，表情複雜地看著李傑，心裏面還是捨不得。對於她的離去，李傑也沒有說什麼。

對於于若然的決定，安德魯也是充分給予了極大的便利。他也曾經努力勸說過于若然。可是在于若然的堅持之下，安德魯的勸說顯然是蒼白和無力的，最終只能答應她的要求。

穿著一身素色衣裝的于若然，站在安德魯的旁邊，像平常一樣，只是在那裏靜靜的，沒有說話。

按照計畫，李傑他們的下一站是美國，在那裏，就可以對夏宇做進一步的檢查了，並且還可以對夏宇實施手術。

李傑看著站在對面的安德魯和于若然，咂了幾下嘴，想說什麼，卻又什麼也沒說。

看著李傑的樣子，安德魯的心情也有些沉重。從國內一路走了過來，他們經歷了多少的事情！可是現在卻面臨著分別，說可以安安靜靜離開，那是絕對不可能的了，光是看著李傑的樣子，就知道他有很多的話要對安德魯說。

對於將于若然交給安德魯，李傑還算是放心的。畢竟，安德魯不僅是一個和自己很要好的朋友，還是一個不算太糟糕的老師。

于若然跟著安德魯，一定可以學到她自己想學的知識。不過這兩年的時間，對於李傑來說，似乎是有點長了。

「安德魯……」李傑將安德魯拉到一邊，低下頭，向他交代著注意事項，什麼該注意的，不該注意的，都交代了一大堆。

被李傑摟著的安德魯，聽著李傑的交代，油光光的額頭上立馬就全是密密麻麻的汗珠。

安德魯嘴裏嘀咕著：你幹嗎不自己對于若然交代？一邊想掙開李傑摟著自己的胳膊。可是掰了半天，他不得不放棄了這樣的想法，因爲李傑摟得實在是太緊了。

在李傑交代完了以後，安德魯便長長舒了一口氣，還順便掏出手絹來，抹了一把額頭上的汗。

「記清楚了沒有？」李傑的表情在安德魯眼裏看來，是那樣的兇狠，似乎只要安德魯點頭稍微有那麼一點猶豫，他還要接著再交代一遍。

「很清楚，很清楚！」安德魯看著李傑的表情，連忙點著頭，他可不想再被李傑摟著繼續交代。

剛才安德魯被李傑一頓叮囑之後，其實什麼也沒有記住。不過他知道，李傑對于若然的那份感情倒是真的。

「那個，于若然……」李傑站在于若然面前，完全沒有了剛才在安德魯面前的那份鎮定。在哼哼哈哈了好一陣子以後，李傑才努力地從嘴裏擠出了幾個字：「你要好好照顧自己！」

夏宇看著李傑和于若然的樣子，非常自覺地將頭轉到一邊，以免自己被李傑那種悶騷的樣子引得忍不住笑起來。

看著李傑艱難的樣子，安德魯拚命忍住了笑。不過他的樣子，也好不到哪裏去。一張胖臉，被憋得通紅。

于若然依然是那樣，微微地低著頭。她從剛才李傑摟著安德魯的樣子上看出來，李傑還是對自己很關心的。

聽著耳邊傳來熟悉的聲音，于若然緩緩地抬起頭，微紅著臉，看著有些局促的李傑。

李傑看著于若然的樣子，一瞬間愣了一下，說話也有些不太利索了，將自己準備了許久的話，統統都忘到了爪哇國。眼前的這個女孩子，已經不是那個到處抓自己這個不良學生的優秀班長了，如今也算是亭亭玉立。

于若然的臉上有點期待，她盼望著李傑對她說些什麼。可是她也知道，李傑這個人，面對著女孩子，一般會辭彙貧乏。

李傑和于若然兩個人，就這麼四目相對地看了許久，似有千言萬語，一時之間又不知道該如何說起。

站在一邊打算看李傑演一場好戲的安德魯，不禁有點失望，本以爲會上演一場送別的好戲，哪曾料到是一場默劇。

也許是安德魯覺得自己待在這裏無聊，或是感覺到有點礙著李傑這傢伙的面子，將在一旁發呆的夏宇給拖開了。

李傑就這麼有些癡呆地看著于若然，嚅囁著，似乎想說些什麼，但是又找不到話題，靜靜地一直沒有說話。

「李傑！」倒是在機場一直沒有開過口的于若然，看著嚅囁的李傑，微微紅著臉，說了話。

「什麼？」看著于若然的樣子，李傑下意識回了一句。然後，又不說話了，繼續在那裏悶騷。

「兩年！」于若然緩緩說出了這兩個字以後，微微紅著臉，不過這一回，她沒有低下頭去，就這麼抬著頭，靜靜看著李傑。

看著于若然的樣子，李傑差一點就說出：「你留在我身邊！」這句有點不顧忌後果的話出來。

李傑努力了半天，還是沒有把那麼一句簡簡單單的「你留下！」說出來。這讓李傑有點恨自己這個悶騷的性格。這個性格也是一時半會兒也改不過來的。

「李傑，我等你兩年！」于若然看著李傑，絲毫沒有迴避李傑的目光，閃爍著清澈的眼睛，大大方方地說出了自己的想法。

等我兩年？李傑看著于若然大大方方的樣子，馬上就意識到了，這是一個約定，一個于若然和自己的約定。

不管怎麼樣，自己還是要堅守住這個約定的，于若然為了當自己的助手，放棄了優厚的工作。就憑著這一點，李傑也要答應和于若然之間的這個約定，在李傑看來，這個約定的時間，還真是不算太短。

「你們商量了個什麼結果？」拖著夏宇在機場大廳裏無聊地轉了幾圈的安德魯，拍著李傑的肩膀，揶揄地問了一句。

在聽到安德魯的揶揄時，李傑的表情便在一瞬間變得有些僵硬了起來，看著安德魯的那張臉，李傑有點想揍人。

「她是不是說要等你兩年啊？」安德魯趴在李傑的耳朵旁邊，拚命地忍住笑，悄悄問了一句。

李傑頓時覺得，眼前的這個胖子在頭頂上應該長著一對尖尖的犄角，手裏面也應該拿著一把叉子。

安德魯看著李傑有些不那麼善良的目光，便轉身站到了于若然的旁邊，用胳膊肘輕輕地捅了于若然一下。

這下，于若然的臉馬上紅了一個透，站在那裏低下頭去，靜靜地一動也不動。不過在片刻之後，她的眼睛又恢復了清澈。

在機場催促的廣播聲音下，安德魯和于若然將李傑和夏宇送到了安全門。

李傑似乎有些不捨，安德魯看著李傑的樣子，給了他一個放心的微笑。然後，便給了李傑一個結結實實的擁抱，抱得李傑差一點喘不過氣來。

看著遠處漸漸消失的飛機，于若然還在那裏站著，久久地不肯離去。安德魯看著于若然的樣子，沒有說話，陪著她站在那裏，看著飛機離去的地方。

「你放心，李傑會遵守那個約定的！」

在安德魯看來，李傑這個人，做不到的事情，他絕對不會答應的。李傑答應下來的都是一些胸有成竹的事情。

在一般情況下，李傑是不會承諾什麼，也不會答應什麼。就像是一個醫生，不會輕易對病人或是家屬做出一些承諾一樣。

既然是李傑做出了承諾和決定，他就一定會完成，而且會完成得非常完美。這是安德魯認識李傑以後，對他做出的評價。

安德魯走過去，拍了拍于若然的肩膀，像是在安慰于若然，又像是在肯定李傑的決定和承諾。

于若然回想起李傑答應自己約定時，那份堅定的樣子和沒有絲毫猶豫的眼神，微微點了點頭。

對於李傑來說，美國還是比較熟悉的。不過那已經是很久以前的事情了。

李傑這一次到美國來主要是爲了夏宇的病情，按照安德魯的說法，或許這個國家的醫療技術還可以挽回夏宇的命。

看著跟在自己後面的夏宇幾個人，李傑的心情有點激動。他都有點想站在機場的候機室上大喊一句：「美利堅，我來了！」的衝動了。

接待區的陣勢讓李傑一行人吃驚不少。李傑看著高舉著牌子、手持鮮花的接待人員，嘴角無奈地勾起一絲苦笑。

「這是安德魯先生的安排。」站在一旁的夏宇看著李傑的苦笑，靠在他的耳邊，輕輕解釋道。

這個安德魯還真是不讓我安安靜靜的啊！李傑摸了一下鼻子，心裏將安德魯再次詛咒了一遍。

「你好，李先生！」接待的人群裏！走出一個身材高大的白人男子，向站在那裏嘴裏不停發著牢騷的李傑伸出了手臂。

約翰·賴特看著眼前這個其貌不揚的東方小子，皮膚黝黑，胳膊粗壯，怎麼看都不像是一個醫生，反而像一個德克薩斯的農場小子一樣。

他心裏還是動了一下，因爲他知道，前一段時間鬧得沸沸揚揚的R·隆多手術，就是由這個年輕人完成的。

「你好！」李傑握住這個白人男子的手，對對方的好客表示了回應。對於眼前的這個人，李傑可是沒有一點點的印象，也不知道他是怎麼知道李傑的名字的。

「我是約翰．賴特，安德魯的好朋友！」來人向李傑自我介紹著。對於眼前的這個中國人，約翰．賴特還是充滿著疑問。

不過在握手的一瞬間，約翰．賴特的疑惑便消失了，因爲他發現和自己握手的這個中國人，對力度掌握得相當地精確。

這樣精確的力度掌握，在約翰．賴特認識的不少有著豐富外科經驗的醫生當中，也沒有幾個。

又是那個安德魯!李傑在心裏默默地念叨了一遍，看來這個安德魯對自己還是挺照顧的麼，雖然是沒有在身邊，不過這個計畫安排得還是不錯。

也不知道安德魯和于若然在那邊怎麼樣了。李傑在心裏有些遺憾地想著。畢竟沒有了安德魯和于若然在身邊，李傑就覺得始終是少了什麼！

既然他們已經離開了自己，也不必想那麼多了，安排好夏宇的住院和手術，這才是現在最主要的。

「李傑先生，已經安排好了！」也許是看到了李傑臉上那有些焦急的神色，約翰·賴特拉著李傑的手，熱情地說道。

李傑對於這個約翰·賴特的辦事方法還是比較贊同的，這才是一個醫生最應該注意的。

李傑將站在一旁的夏宇毫不猶豫地推了過來，讓他站在了約翰·賴特的面前，夏宇才是這一次美國之行的真正目的。

約翰·賴特看著眼前的這個長相有點文弱的中國人，便一下子就明白了，站在自己眼前的便是安德魯特意交代過的那個心臟病患者。

不過，讓約翰·賴特感到吃驚的是，按照安德魯給自己的資料，這個病人的病情非常嚴重，可是眼前的這個小夥子，除了臉色有點蒼白之外，就看不出有什麼情況了。

「賴特先生，還有一件事情要你幫忙！」李傑看著不遠處的艾蜜麗，眼睛裏閃過一絲不易察覺的難色。

「說吧！」約翰·賴特兩手一攤，看著李傑他們幾個，大大方方地說道，頗有一副美國牛仔的豪爽。

李傑也沒有絲毫的客氣，讓約翰·賴特給那個危險品小姐安排一個住處，他現在可沒有什麼多餘的時間來關心艾蜜麗。

看著約翰・賴特回過頭去給幾個隨從認真地交代著，李傑偷偷看了一眼艾蜜麗，心裏的石頭總算是落了地。他心想，以後還是離那個艾蜜麗小姐遠一點。

既然艾蜜麗的問題解決了，李傑便和約翰・賴特一起上了車，而夏宇則上了後面的一輛車。

「李傑先生，先前往賓館？」約翰・賴特向眉目間略顯疲憊的李傑建議著。

「不了，還是先去醫院吧。」李傑揉著自己有些發脹的額頭，略顯憔悴地向約翰・賴特說著。

夏宇的病情要儘快確診！這是李傑現在唯一的想法。跟著自己東奔西跑了這麼長的時間，他也沒有時間來好好診斷一下。

對於夏宇病情的變化，李傑一點資料也沒有。他手頭上夏宇的病情資料，還是當初在國內獲取的。

「可是……」約翰・賴特嘴角撇出了一個弧度，看著經過旅途奔波而有些疲倦的李傑，猶豫了一下。

「沒有什麼，檢查一下還是可以的！」李傑用力揉搓了幾下臉，使自己的臉色看起來不那麼糟糕。

時間已經不多了！要儘快確定夏宇的病情，好為他開展手術。李傑靠在後排的座椅上，心情有些沉重。

約翰．賴特看著李傑那微微泛紅的臉龐，悻悻地坐了回去，心裏卻暗自嘀咕了起來。看來這個李傑，還真是像安德魯所說的那樣，有了機會就會儘快抓住。

李傑現在沒有絲毫的心情去觀察約翰．賴特的表情，畢竟他是來救人的。

趁著在車上的這麼一段時間，李傑在心裏仔細回憶了一下夏宇的病情，並對他的病情進展做了一個大致的估計。

最好的情況，就是夏宇的病情沒有什麼惡化，身體情況也是良好，可以接受心臟手術所帶來的創傷。最差的情況，就是他的病情已經到了無法挽回的地步，而且手術的意義對於夏宇來說也不大了。

如果萬一出現最差的情況……李傑有些惱怒地揉了揉額頭，那可是難辦了。

不過，按照李傑的觀察，夏宇出現最壞情況的可能性很小。在這一段時間裏，他們還對夏宇的健康做了監控。

坐在後面一輛車上的夏宇，稍微有那麼一點點的緊張，想著自己馬上要進行手術，他還是有點興奮的。

手術結束以後，我就可以像一個正常人那樣了，就可以幫助那些曾經幫助過我的人了。

夏宇一想到這裏，虛弱的心臟不禁跳快了幾分。

車隊轉了幾個街角以後，便到了早已預定好的醫院。走下來的時候，李傑第一個感覺就是：要是紅星有這個醫院的一半大那就好了。

普金斯教學醫院的停車場，足足有兩個足球場那麼大。裏面又分若干個區，其中離外科大樓稍近一點的是兩個殘疾人停車區。

在停車場的旁邊，還有一條寬闊的道路，直直通向外科大樓。李傑看著漆在地面上的字，便明白了，這條道路是專用的急診通道。

在醫院的門口，早早地就有人等候在那裏。夏宇一下車，便立即被接走了。李傑跟在約翰·賴特的身後進了醫院。

看著門診室不多的幾個病人，李傑感到有些奇怪。在約翰·賴特的解釋下，他總算是明白了。

原來，這個門診室是普金斯教學醫院的教學門診，承擔著一部分的教學任務，來這裏看病的，都是一些比較特殊的病患。

看著窗明几淨的候診室，李傑的頭腦又開始發熱起來，心裏琢磨著要用什麼樣的方法才能讓紅星的候診室變得和這兒一樣。

約翰．賴特看著臉色發紅的李傑，感覺非常奇怪，他不明白爲什麼李傑從一開始就變得這麼激動。

穿過大廳，約翰．賴特將李傑帶到一個候診室便匆匆離開了，留下李傑一個人，待在有些空曠的候診室裏。

這還真是一個好地方啊！李傑在心裏發著感歎，不禁佩服了一下安德魯。看來安德魯的安排還真是不錯呢！

就在李傑發感慨的時候，忽然從門外急匆匆地跑進來一個人。李傑看著來人有些微微喘氣的樣子，心頭一沉，難道是夏宇出了什麼問題不成？

來人頂著一個不多見的鍋蓋頭，面容十分消瘦，就像是一個營養不良的患者一樣，只有一雙褐色的眼睛在閃爍著和李傑一樣的光芒。

「總算找到你了！」來人一進來就拉著李傑的手，異乎尋常的熱情。

「你是？」李傑的腦子裏有點迷糊，自己從來沒有見過這個人，怎麼他見了自己就像是一個熟悉的老朋友一樣。

「哦，你不記得我了？我是你的好朋友約翰丹！」看著李傑迷茫的眼神，這位約翰丹摟著李傑的肩膀熱情地自我介紹著。

「約翰丹？」李傑出了一頭的汗，因爲他知道這個約翰丹在美國人眼裏是一個類似於中國的「無名氏」一樣的名字。

「真的不知道？」這位約翰丹先生，看著李傑更加迷茫的眼神，也顯得有點焦急了，彷佛是李傑患上了健忘症一樣。

「不知道！」李傑老老實實地回答。對於眼前的這個約翰丹，李傑將自己腦子裏所有的外國人都仔細回想了一遍，發現沒有任何的印象。

「哦，看來你真的是有病啊！」約翰丹先生一本正經地說，那神情彷彿就是有著無數臨床經驗的醫生一樣。

我有病？李傑看著眼前的這個約翰丹，嘴角無奈地苦笑了一下，額頭上的汗，用汗如雨下來形容，一點也不誇張。

不過，李傑從約翰丹的眼神裏看了出來，這個傢伙絕對是一個經驗豐富的醫生，只不過看起來不像罷了。

「你的病情很嚴重！」約翰丹說著，反身將這間診斷室的門給拉上了，用一種看似悲痛的眼神，眼巴巴地看著李傑。

還很嚴重？李傑開始懷疑這個約翰丹是不是有點精神錯亂，怎麼用一種像是給一個晚期病人宣告病危通知一樣的腔調說話。

「你一定是從很遠的地方來的吧？」約翰丹拉過一把椅子，坐在李傑的對面，認認真真地問了一句。

「嗯！」李傑臉上表情很明顯地表示著，自己剛剛經過了長途跋涉，而且是非常疲憊。

「那就對了！」約翰丹的臉上露出了一副得意的神色，眼睛瞇得都看不見了，就像是哥倫布發現了新大陸一樣。

「你的病啊……」約翰丹坐在李傑的對面，搖晃著自己的手指頭，對李傑開始了診斷。

就在李傑正納悶的時候，診斷室的門再一次被推開了，一個身材高大、目光炯炯的黑人男子走了進來。

「你又在這裏偷懶！」這個黑人男子拍著約翰丹的肩膀，不屑地看著他，說話的聲音十分洪亮。

「沒有，我在看病！」約翰丹指著李傑，表情顯得非常無辜，就像是一個受到迫害的無辜市民一樣。

「他是一個病情非常嚴重的患者，我在給他做最後的診斷！」約翰丹在一瞬間換上了一副惋惜的表情。

李傑看著約翰丹，下巴差一點沒有掉到地板上，心想：這個傢伙真是表情豐富啊！不去好萊塢真是可惜了！

還最後的診斷！我給你來一份最後的晚餐！李傑憤憤地看著這個滿嘴跑火車的約翰丹，捏了捏拳頭。

「看，他是一個容易暴躁的十分危險的有著超強攻擊力的會中國武術的妄想型精神病患者！」約翰丹注意到了李傑捏緊的拳頭，說出了一連串的詞語。

說完這些以後，約翰丹便立即跳了起來，躲到了這個黑人壯漢的身後，像是怕李傑做出什麼不善的舉動。

李傑聽完約翰丹給自己下的診斷以後，是徹底無語了，現在他連打人的衝動都沒有了。

李傑怕自己站起來，還沒有走出這個診斷室之前，這個約翰丹便會叫來一大批保安，將自己這個「精神病患者」給送到醫院的精神科去。

「他有病？我不信！」這個高大的黑人男子，用一種挑釁的目光看著約翰丹，嘴角勾起一絲淺淺的笑意。

「我說的都是千真萬確的！」約翰丹說得理直氣壯，還做出了一副要發誓的樣子，深怕其他人不相信。

「每次輪到你值門診的時候，你就有一個『無法治癒的病患』！」黑人男子也拉過一把椅子，就這麼金刀大馬地坐了下來，一點也沒有給約翰丹留面子。

「我那都是真的！」約翰丹脖子一梗，顯得十分硬氣，就像是一個從來不會撒謊的好孩子一樣。

「上一次……」這個黑人聽到這句話以後，便強忍著笑意，開始揭這個約翰丹的老底，而且十分不留情。

坐在一邊的李傑算是聽明白了，這個約翰丹確實是普金斯教學醫院的醫生，不過他有一個十分讓其他人頭疼的毛病。那就是從來不願意去門診，每次輪到他值門診的時候，約翰丹總會找上一兩個「病患者」來逃脫他值班的命運。

甚至有一次，這個約翰丹還跑到躺著植物人的病房裏，再次仔細地「確診」了一下他們的病情。

不過，按照這個黑人的說法，約翰丹的技術確實是普金斯教學醫院裏面最好的，就是毛病太多。

就在這個黑人正在一臉得意地揭著約翰丹的老底的時候，約翰．賴特推開候診室的門，走了進來。

「總算找到你了！」約翰．賴特拉著約翰丹的手，一臉的激動和興奮，就像是看見了美食的安德魯一樣，兩眼放光。

而約翰丹則是面若死灰，和一條被扔在岸上的死魚差不多，瞇著眼睛張著嘴，也不知道該說些什麼了。

找到誰了？李傑和那個黑人大漢同樣迷茫，也不知道這個約翰．賴特，說這句話究竟是什麼意思。

李傑看著這個自稱是約翰丹的傢伙，一時也是滿腦子的疑問，這個傢伙到底是誰啊？

約翰丹被約翰．賴特拉著手，一臉的苦笑，表情也是相當精彩。不過，他用一種類似於祈求的眼神看著李傑，希望這個「病人」能夠救自己一下。

李傑則是轉過頭，裝作看窗外的風景，對約翰丹的眼神裝作沒有看見。你倒是想得美，剛才忽悠我的時候，不是挺厲害的麼？

約翰丹看著李傑的樣子，知道坐在那裏的東方小子不打算幫自己了，便心情有些沉重地看著緊緊拉著自己手的約翰．賴特。

「李傑先生，給你介紹一下，他就是我們醫院最爲出色的心胸醫生，葛雷比爾！」約翰・賴特向轉頭看著窗外的李傑熱情介紹著。

李傑聽到這句話以後，彷彿被雷劈了一樣，坐在椅子上，半天沒有緩過勁來，呆呆坐在那裏有那麼幾秒鐘。

這個在李傑面前自稱是約翰丹的醫生，也是一臉震驚，搞了半天，自己糊弄的對象竟然是他啊？

對於李傑的名字，葛雷比爾也是聽說了不少，足球名將R・隆多的膝關節手術，就是由眼前的這個看起來像是一個德克薩斯鄉下小子的東方人完成的。

「那個，李傑先生，你幫我一個忙！」葛雷比爾立馬甩開約翰・賴特的手，頗為熱情地靠到李傑的跟前，眼睛裏全是狂熱的光芒。

「什麼？」李傑努力忍住甩開這個忽悠過自己的葛雷比爾的衝動，展開笑臉，慢悠悠問了一句。

「你是R・隆多的主治醫生吧！」葛雷比爾笑嘻嘻地問了一句讓李傑有點一時摸不著頭腦的問題。

「也算是！」對於這個傢伙的問題，李傑含含糊糊地算是承認了。

「他的簽名照片給我一張，就一張！」葛雷比爾拉著李傑的手，用力搖了幾下，簡直就是一個無比狂熱的球迷。

李傑除了無語還是無語，自己雖然是R．隆多的主治醫生，但是他沒有一張R．隆多的照片。

周圍的幾個人也是一臉尷尬地看著眼前的這一幕，不過臉上沒有一絲不快，彷彿見慣了這種場面一樣。

「我替你找找！」對於如此狂熱的R．隆多的粉絲，李傑許諾了一個空頭的支票，至於到哪個地方去找，看來還是要費一些勁。

聽到李傑的這個消息，葛雷比爾的臉上，洋溢著幸福的笑容，彷彿R．隆多的簽名照片是一件無價之寶。

「走吧！」葛雷比爾大手一揮，拉著李傑就往診斷室的門外面走去，那副急匆匆的樣子，讓周圍的幾個人自覺地讓開了一條道。

「去哪啊？」這個傢伙不會是讓自己現在就去拿R．隆多的簽名照片吧！李傑被葛雷比爾拽了一個踉蹌，差一點沒有站穩。

「去看病啊！」葛雷比爾頭也不回地說了一句，依然拉著李傑往外邊急匆匆快步走去。

「我沒有病啊！」被葛雷比爾使勁拉著的李傑，在後面大聲喊了一句，就怕這個有些焦急的醫生拉著自己做些什麼檢查。

「你不是有個病人麼？」葛雷比爾拉著不斷掙扎的李傑，回過頭，異常關心地看著李傑，看得李傑心裏一陣陣發毛。

聽到葛雷比爾的這句話，李傑也不掙扎了。他知道那個葛雷比爾口中的病人就是剛到醫院的夏宇。

在診斷室裏的幾個人，聽到葛雷比爾的這句話以後，也一個個恢復了正常，跟在李傑和葛雷比爾的身後走了出來。

看著拉著自己的葛雷比爾，李傑心裏的那一塊石頭，算是放低了幾分。畢竟有這麼一個敬業的醫生，不算是什麼壞事。可是這個醫生的個性也過於鮮明了一點吧！

「不錯，不錯！」葛雷比爾站在夏宇的病床前，摸著自己的下巴，看著臉色有些蒼白的夏宇，不中斷點著頭。

不錯？什麼不錯？可能是指夏宇目前的身體情況不錯！李傑看著精神狀態良好的夏宇，先前的擔心都煙消雲散了。

不過，當李傑看到葛雷比爾觀察夏宇的目光時，又將自己剛才的推斷給徹底推翻了。

葛雷比爾的目光裏全是一種看見稀世珍品的樣子，如果這種目光看到李傑的身上，那他極有可能渾身上下直冒冷汗。

「你放心，我會讓你好起來的！」葛雷比爾站在夏宇的床前，信誓旦旦地向夏宇保證著，那種堅定的表情，讓夏宇為之一怔。

聽著葛雷比爾無比溫柔的說話口氣，李傑額頭的汗立馬就流了下來，不禁又增加了幾分對夏宇命運的擔心。

「李傑先生，你不必擔心，有了葛雷比爾，夏宇會很快好起來的！」看著李傑擔心的樣子，約翰．賴特拍了拍李傑的肩膀，在一旁安慰著。

有了葛雷比爾我才擔心！李傑在嘴裏嘟噥了一句。他現在擔心的不是夏宇的病情，他現在擔心的是夏宇恢復以後的事情，有了葛雷比爾是好事。當然，有了葛雷比爾也是一件比較糟糕的事情，萬一他對夏宇真的做出什麼不良舉動，那李傑自己也只有哭的份兒了。

「對於夏宇的病情，你們都有什麼看法？」葛雷比爾在對夏宇做出了保證以後，回頭看著幾個站在病床前的醫生。

「我建議盡快進行手術！」李傑站在門口，大聲說了一句。本來這一次來到美國就是為了夏宇的手術。

葛雷比爾看著李傑，再一次摸了摸下巴，眉頭微微皺了起來。從剛才初步的診斷來看，夏宇確實需要手術。

雖然夏宇的精神狀態不錯，但是他的身體還需要再休養上一段時間，才能恢復符合手術的條件。

李傑看著葛雷比爾的目光，就直接說出了自己的看法，畢竟夏宇的病情還是在不斷惡化的。如果抓不住機會，任病情繼續惡化的話，那麼夏宇有可能無法經受手術所帶來的創傷。當然，李傑不敢說出「有你在夏宇身邊我不放心」之類的話，畢竟這個個性強烈的葛雷比爾，還沒有對夏宇做出什麼不良舉動。

「還有什麼？」當李傑闡述完自己的觀點後，葛雷比爾走到李傑身邊，緩緩問了一句。

對於夏宇目前的狀況，葛雷比爾也非常地奇怪，他就不明白了，一個有著如此嚴重的心臟病的患者，身體和精神狀態竟然如此好，還真是一個奇蹟。

「我用了中藥！」李傑老老實實地回答。針對夏宇的身體，一開始，李傑就爲夏宇調製了一副中藥。

這一副中藥對於夏宇來說，可以在一定程度上挽救他那顆虛弱的心臟。也就是這樣的一副中藥，才能使夏宇保持如此的精神和身體狀態。

病房裏一片譁然，尤其是那個葛雷比爾，更是一臉興奮，現在他正用剛才看夏宇的眼神，死死盯著李傑。

李傑看著葛雷比爾的眼神，站在那裏打了一個哆嗦。雖然病房內依然保持著最合適的溫度，但是李傑感覺像是被人剝光了衣服站在冰天雪地裏面。

看著眼前的這麼一群醫生，尤其是有著異樣眼神的葛雷比爾，李傑只得一五一十將中藥的配方說了出來。

在李傑說出中藥的配方以後，病房裏面陷入了一片寂靜。除了李傑，大家都在思考著同樣的一個問題：「中醫實在是太神秘了！」

在確定了夏宇的身體狀態以後，下一步該做的就是，要給夏宇做一個全方面的身體檢查了。葛雷比爾的第一個建議，就是讓李傑停掉了夏宇正在服用的中藥。這樣做的目的，是可以讓夏宇的身體變到正常的情況。

這個正常的情況，也就是指，讓夏宇的心臟恢復本來虛弱的樣子。這樣做有著很大的風險，稍微不注意，夏宇的病情就會急速惡化。

雖然是讓夏宇處於危險的情況之中，不過李傑還是同意了。因爲他知道，沒有十分的把握，葛雷比爾是不會提出這個建議的。

李傑這幾天一直都待在醫院裏，他要時時刻刻監控著夏宇的狀況。萬一夏宇出現什麼狀況以後，他還能救個急。

而那個葛雷比爾幾乎也是寸步不離地跟著李傑，只要是他一上班，李傑走在哪裏，他就跟在哪裏。

對於葛雷比爾的這種「跟蹤」，李傑也是十分頭疼，反對了幾次，也均以失敗而告終。

「我是在觀察我的病人！」葛雷比爾說這句話的時候，站在李傑的面前梗直了脖子，說得那叫個理直氣壯。

對於葛雷比爾的這個理由，李傑也是沒有什麼話好說的，因爲這幾天，李傑就是連吃飯，也都是在夏宇的病房裏完成的。

「你要R．隆多的簽名照片，我給你就是了！」被葛雷比爾那種異樣的眼神盯得渾身不自在的李傑拋出了一個十分誘人的誘餌。

「那個中藥也一起給我吧！」葛雷比爾用一種非常「善良」的眼神，就差掐著李傑的脖子大喊：「統統交出來！」這句話了。

看著葛雷比爾那充滿狂熱的眼睛，李傑再一次地感受到了冰天雪地的感覺，渾身冷氣直冒。不是李傑不想給葛雷比爾這個方子，而是這個方子所有的藥材，都是由李傑精挑細選的道地藥材，在美國這個地方，根本就買不到。

當李傑把藥方交給葛雷比爾以後，看著他那個高興的樣子，還好心叮囑了一句有關道地藥材的問題。

「道地藥材是個什麼中藥？」葛雷比爾在聽到李傑叮囑的這句話以後，充滿疑惑地問了一句。

「給你講了你也不懂！」李傑故作高深地留下這麼一句話，便沒有再和葛雷比爾說些什麼，而是專心地觀察起夏宇來。

站在一邊的葛雷比爾一臉的疑問，他實在不明白這個道地藥材究竟是什麼藥材。

難道是中醫的一個包治百病的靈丹妙藥，不管你患了什麼病，只要一用這個「道地藥材」就會藥到病除，恢復如初？葛雷比爾一邊嘟噥著，一邊看著李傑。

自從停了中藥以後，夏宇的身體狀況是不如以前了，不過，要比李傑預想的還要好那麼一點，預計會出現的危急情況，也沒有出現。看來在中藥的調理之下，夏宇的病情，還是得到了相當程度的控制。

不過這個控制病情，也不能說是治癒疾病。李傑知道，夏宇的心臟病，是需要手術才能治癒的。

「李傑，夏宇這麼拖下去也不是一個辦法！」葛雷比爾再一次非常碰巧地遇到李傑以後，說出了自己的看法。

李傑有些憂鬱地點了點頭。他還是非常同意葛雷比爾的這個看法。

雖然這個葛雷比爾不喜歡值門診，但是他對病人還是挺關心的。最近的一段時間，他一直和李傑在一起監控著夏宇的病情。當然要排除這個傢伙的強烈個性，包括他對R．隆多狂熱的迷戀，還有看著李傑就想往上撲的眼神。

「你有什麼好辦法？」李傑認真地問了一句，現在最主要就是要確定夏宇的病灶。

「看！」葛雷比爾從牛仔褲兜裏抽出一張紙，在李傑的面前晃了幾下，那個得意的樣子，彷彿是自己中了幾百萬美元的彩票一樣。

李傑一把將葛雷比爾手裏的那張紙搶了過來，只見紙上龍飛鳳舞地畫著一行字——「海盜船計畫」，除此之外就再也沒有什麼了。

這個名字也有點過於驚世駭俗了！李傑看著紙上的字，頭上的汗水不停地往下流！

請續看《醫拯天下》第二輯之八　醫聖傳奇（大結局）

醫拯天下II 之七 點石成金

作者：趙奪
發行人：陳曉林
出版所：風雲時代出版股份有限公司
地址：105台北市民生東路五段178號7樓之3
風雲書網：http://www.eastbooks.com.tw
官方部落格：http://eastbooks.pixnet.net/blog
Facebook：http://www.facebook.com/h7560949
信箱：h7560949@ms15.hinet.net
郵撥帳號：12043291
服務專線：(02)27560949
傳真專線：(02)27653799
執行主編：劉宇青
美術編輯：吳宗潔

法律顧問：永然法律事務所 李永然律師
北辰著作權事務所 蕭雄淋律師

版權授權：蔡雷平
初版日期：2015年6月
初版二刷：2015年6月20日
ISBN：978-986-352-139-6

總經銷：成信文化事業股份有限公司
地　址：新北市新店區中正路四維巷二弄2號4樓
電　話：(02)2219-2080

行政院新聞局局版台業字第3595號 營利事業統一編號22759935

定價：280元　特惠價：199元

國家圖書館出版品預行編目資料

醫拯天下.第二輯/ 趙奪著. -- 初版. -- 台北市：風雲時代，
2015.01- ； 公分

ISBN 978-986-352-139-6 (第7冊：平裝). --

857.7　　　　　　103026479